梨の花咲く

代筆屋おいち

篠 綾子

時代小説文庫

角川春樹事務所

目次

梨の花咲く

代筆屋おいち

第一話　歌占師

一

おいちは井戸の木枠に両手をかけて、井戸の底をのぞき込んだ。外は春の日が燦々《さんさん》と降り注いでいるが、中は真っ暗で底が見えない。

真間《まま》の井《い》と呼ばれるこの古い井戸の底に光が射し込んだ時、陽光は黄金の欠片《かけら》のように、月光は白玉のようにきらめくという。

おいちはかつて、昼間でも真っ暗な井戸の底に、きらっと光る日の光を見たことがあった。ほんの少し立つ位置を動かしただけで、もう見えなくなってしまう黄金色の輝き。

息を呑《の》むほどに美しく、決してつかみ取ることはできないと分かっているのに、思わず手を伸ばしたくなった。

——そんなに身を乗り出したら、危ないぞ。

つと、耳許《みみもと》に懐かしい声がよみがえる。

その時、おいちの肩を抱いていてくれたのは——。

（颯太《そうた》！）

その名を口にしようとした瞬間、井戸の底に吸い込まれそうな恐怖に襲われて、おいちは弾かれたように顔を上げた。

まだ一月の上旬――初春の空は優しい浅葱色《あさぎいろ》をしており、綿のような雲が横に広がり、ゆっくりと流れてゆく。

おいちは大きく深呼吸をし、心を落ち着かせた。

井戸の底の闇を見ているうちに、不吉な気分に襲われてしまったが、そんなものはただの錯覚だ。おいちの愛しい颯太は、必ずどこかで無事に生きている。

(あたしはそう信じている。だから、ここを出て颯太を捜しに行く)

おいちは真間の井に向かって手を合わせた。

(どうか、颯太に逢《あ》わせてください)

真間手児奈《ままのてこな》さま――この地に祀《まつ》られている女人の名を唱え、おいちは必死に祈り続けた。

下総《しもうさ》の真間《まま》村を出たおいちは、江戸川を渡り、隅田川の東岸にたどり着いた。

真間村から、ちょうど西に位置する千住《せんじゅ》大橋を渡れば、いよいよ江戸である。

浅草にほど近い隅田川の西岸は、茶屋の掛け声や、棒手振《ぼてふ》りの売り声など、かしましいほどであった。六歳まで江戸で暮らしていたことがあるとはいえ、その賑《にぎ》やかさにおいちは圧倒された。

(颯太――)

似たような年格好の若者を見かけると、つい目がいってしまう。そんなにすぐ見つかるはずはないと分かっていても、確かめてみずにいられない。それを幾度かくり返してから、

（まずは、本郷《ほんごう》へ行かなくちゃ――）

おいちは気を取り直した。

颯太の姉に当たる七重《ななえ》が、昔、この本郷に住んでいたことがあると聞いている。

そこで、おいちは千住大橋の近くの茶屋で、女中をしている同い年くらいの娘を見つけると、近付いて行って尋ねた。

「あの、本郷へはどう行けばいいですか」

すると、その女中はおいちの問いには答えず、「いらっしゃいませ！」と明るい声で言って笑顔を向けた。

「いえ、あたしは……」

客ではないと言おうとしたが、どうやらただでは教えてもらえそうにない。それに気づいて、仕方なくおいちは茶屋の縁台に腰を下ろした。茶を一杯頼み、改めて本郷への道筋を訊《き》こうとすると、

「あなたも、兼康《かねやす》へ乳香散《にゅうこうさん》を買いに来たんでしょう？」

と、女中は親しげな口ぶりで、自分から尋ねてきた。

「えっ、にゅうこうさん――？」

おいちは目を瞠《みは》って、女中を見つめ返す。

「あら、違ったの？」

女中は意外そうな表情を見せたが、

「本郷は千代田の御城の北側よ。御城を目印に進んで、もし分からなくなったら、兼康へはどう行ったらいいか訊けばいいわ」

と、愛想よく教えてくれた。

おいちは、その女中が運んでくれたお茶を飲みながら、お運びの合間を縫って、女中が早口に教えてくれた話を聞いた。

乳香散とは、兼康という本郷の店が数年前に販売し始めた歯磨き粉のことであった。兼康の家は口中医であるという。

この乳香散が大人気で、江戸っ子たちはもちろん、遠くからやって来た者も江戸土産の品として乳香散を買い求めてゆくという話であった。

「御城の中では、公方《くぼう》さまが飼っていらっしゃるお犬さまも、乳香散を使ってるっていう専《もっぱ》らの噂《うわさ》よ」

女中はいかにも事情通らしく、得意げにそんな話までしてみせた。

今は元禄《げんろく》九（一六九六）年の一月――。

十年ほど前に出された殺生を禁じる法令が、しだいに厳しさを増していた。初めは、病人や牛馬を捨ててはいけないというような内容だったのに、肉食を禁じ、牛馬の使役を禁じるようになっていった。

特に、将軍綱吉《つなよし》の干支《えと》である犬は、大事にしなければならないというので、犬を捨てたり虐《いじ》めたりすることは厳しく取り締まられている。

「あなたもせっかく本郷まで行くんなら、乳香散を買って行ったらいいわよ」

女中の声に見送られて、おいちは茶屋を出ると、本郷を目指した。

そこから先の道中は迷わずに済んだ。兼康の店はどこかと尋ねると、誰もが心得た様子で、道を教えてくれたからだ。

おいちはやがて、兼康の店の前まで来た。見れば、店先まで客があふれ返っている。

（颯太と七重姉さんのことを、誰かに訊かなくちゃ――）

どうしようかと思案しながら、おいちは周りを見回した。

兼康に集まる人出を見込んだのか、近くには茶屋もある。客にさえなれば、茶屋の女中は親切で口が軽いようだ。ここまで歩いて来て、喉も渇いていたから、店へ入るのに躊躇《ちゅうちょ》はなかった。

兼康の店とは通りを挟んだ向かい側にある茶屋は、なかなか賑わっている。店の主人と奉公人らしい連れもいれば、女中連れのおかみさんもいる。少し崩れた感じの若い男連中もいれば、頭巾《ずきん》をかぶった老人もいた。

おいちは、老人の座っている縁台の端の方に腰を下ろして、女中に茶を頼んだ。茶を運んでくれた時を逃さず話しかけようとしたが、客が多いせいか、女中はおいちが話し出す前に奥へ行ってしまった。

おいちはひとまず、暇そうにしている茶屋の客に尋ねてみることにした。

「あのう、少しものをお尋ねしたいのですが……」

傍らの老人に声をかけると、老人は黙ったまま、じろりとおいちに目を向けた。がっしりとした体つきをしており、背も高そうである。頭には紫色の頭巾をかぶっており、鬢《びん》の毛もないところからすると、出家の身であるらしい。目つきは鋭く、何やら人の粗探しでもするかのように、陰険に見える。

おいちは一瞬、相手を間違えたと後悔した。この年代の男はどうも苦手だ。母にもおいちにも冷たくて、大嫌いだった祖父角左衛門《かくざえもん》のことを思い出してしまう。

それでも、気を取り直して、

「昔、この辺りに、七重という人が住んでいたのですが、ご存じありませんか。お家は八百屋をやっていたと聞いているのですが……」

と、おいちは尋ねた。老人は瞬《まばた》きもせず、

「昔といって、いつ頃のことかね」

と、目を剝《む》いて訊き返した。その物言いが、おいちにはまるで咎《とが》められたように聞こえた。

「十二、三年くらい前のことです。その頃、七重さんは十五、六歳だったはずです」

「知らんな。その頃、わしはここに住んでいなかった」

老人はにべもない口ぶりで言う。

「まあまあ、露寒軒《ろかんけん》さま」

するど、少し離れた所に座っていた女が、間を取り持つように口を挟んできた。小柄で小太りの女は、いかにも気立てがよさそうで、齢《よわい》は三十代半ばほどと見える。

「あたしはこの方の所で働くさめというもんだけど、この辺りの生まれでね。生家を出るまでは、この近くで暮らしてたんだ。だから、八百屋も何軒か知ってるけど、七重っていう人のことは聞いたことないね。その人、今は三十路《みそじ》に近いんだろ？」

どうやら、このおさめという女は見た目のごとく、親切そうだ。おいちはほっとして、老人を間に挟んだまま、おさめと話し出した。

「はい。半年ほど前まで、あたしと同じ村で暮らしてました。旦那さんと、颯太っていう弟と一緒に――。だけど、半年ほど前に三人で村を出たっきり――。ただ、七重さんが昔、本郷の八百屋さんにいたと聞いていたので、もしかしたら、つてを頼ってここに来ているんじゃないかと――」

「そうかい。だけど、残念ながら、半年ほど前から今の今まで、おたくの捜している三人の消息を聞いたことはないねえ」

おさめが気の毒そうに言う。おいちは「そうですか」と、肩を落とした。気の毒に思ったのか、

「その七重って人は、十二、三年前に、本郷を出て、おたくのいる村へ移ったんだね。その事情とやらは知ってるのかい？」

と、おさめは尋ねてきた。

「いえ、それは知らないんです」

おいちは首を横に振った。

「十二、三年前といえば――」

その時、それまでむっつりと黙っていた老人が、突然、口を開いた。おいちとおさめのやり取りを、しっかり聞いていたようだ。

「天和《てんな》の大火事のあった頃だろう。あの火事は駒込《こまごめ》の大円寺《だいえんじ》が出火元で、北西からの風で江戸の東側が大いにやられた。その際、家を焼かれて、江戸を出たのではないか」

おさめに露寒軒と呼ばれた老人は、火事の事情についてはよく教えてくれた。

「ああ、そうかもしれませんねえ。あの時はうちの実家も焼かれて、大変でしたよ」

おさめは当時のことを思い出したらしく、しんみりとした口ぶりで言った。

颯太の姉の七重は、本郷の八百屋へ養女としてもらわれていたらしい。だが、十二、三年前に江戸から、下総国八千代《やちよ》村の生家へ帰って来たという。そのくわしい経緯は聞いていなかったが、

（火事で養家の八百屋さんが焼かれたか、養い親が亡くなってしまって、実家へ戻って来たのかもしれない）

と、おいちは想像をめぐらした。

だが、それならば、今の七重にとって、本郷に馴染《なじ》みはいないこともあり得る。

（本郷の八百屋さんというのが、今のところ、ただ一つの手がかりなのに……）

おいちの眼差《まなざ》しはつい、下を向いてしまった。

「まあ、まだ分からないよ。火事の前のことを知ってる人もいるだろうし、気を落とさないで」

おさめがおいちを慰めるように言う。

「はい、ありがとうございます」

おいちは顔を上げて、無理にも笑みを浮かべた。その時だった。

「よう、姉さんよ」

少し離れた縁台に座っていた若い男連れの二人が、おいちの方へ立って来て言った。

「おたくらの話が聞こえちまったんだけどさ。俺たちゃ、その七重っていう女の居場所を知ってるんじゃねえかと思うんだ」

男の吐く息には、酒のにおいがした。この茶屋では酒も出すのか、あるいはどこかで飲んだ帰りなのかもしれない。

月代《さかやき》も剃《そ》らず、髭《ひげ》も伸び放題でだらしない装いであったが、おいちの頭は男の話でいっぱいになってしまった。

「本当ですか。本当に、七重姉さんを知ってるんですか」

おいちは思わず立ち上がっていた。

「ああ。旦那みてえな男と、若い男の三人づれだったぜ。三月《みつき》ほど前に、俺たちの長屋に来て、人目につかねえように暮らしてる。俺は奴らの世話をしてやってるから、七重さんからはたいそう頼りにされてんだ」

こんなにも早く颯太たちの居場所が分かるなんて信じられないと思う傍ら、きっと颯太たちに違いない、いや、そうであってほしいと願う気持ちが、それに勝《まさ》った。

「あたしをそこへ案内していただけませんか？　お願いします！」

おいちはその場に頭を下げて頼んだ。

男の唇の端がめくれるように持ち上がったのを、おいちは見なかった。

「ああ、かまわねえよ。ついて来な」

男は言い、連れの男と共に歩き出す。おいちは茶飲み代の銭を急いで縁台に置き、その後に続こうとした。

「ちょいと、あんた。待ちなよ」

おさめが慌てて立ち上がると、おいちの手首をつかんだ。

「今の話だけで、見知らぬ男の後についてくなんて正気じゃないよ。あの男たちの言ってる七重さんが、あんたの捜してる七重さんかどうか、まだ分からないだろ」

「だから、確かめに行くんです。放してください」

おいちはおさめの手を振り払った。おさめの言うことは分かるが、今は慎重になることよりも、颯太の手がかりを追うことの方が大切だ。

「ちょいと、おたくら。七重さんの旦那と弟の名前を言ってもらおうか」

おさめが先を行きかけていた男たちの背に、大きな声をかけた。おいちに話しかけてきた男が、ちっと舌打ちする。その音に「まさか」とよくない予感を覚えたおいちだが、振り返った男の顔は、にやにやと愛想よく笑っていた。おいちは強いて不安を振り払った。

「弟は颯太っていう名前だ」

「それは、この子がさっき言ってたのを聞いてたんだろ。旦那さんの名前は何て言うんだい？」

おさめが声を張り上げて言い返す。

「さあて、何て名前だったかねえ。旦那とは話したことがねえからな。名前も聞いたことがなかったんじゃねえかなあ」

男はとぼけたように言い、連れの男に「そうだったよなあ」と同意を求めた。右手を懐手にした男は、暗い目つきの不愛想な顔つきだったが、むっつりとうなずく。

ほら見ろ——とでもいうように、男は反《そ》り返ってみせた。

「そんなことがあるはずないだろ。あんた、七重さんから頼りにされてるって言ってたじゃないか」

おさめが負けずに言い返した。

「そうだよ。七重さんは俺たちを頼りにしてるのさ。何せ、人目を憚《はばか》ってるみてえだからなあ」

男のにやにや笑いに、意地の悪い色が混じった。おいちはさらに動揺して、思わず男から目をそらした。

そう、男の言っていることはたぶん正しい。

七重や颯太は、人に知られてはならない何かを隠していた。それが暴かれるのを恐れるあまり、村から行方をくらましたのだ。それが何なのかは、おいちにも分からないのだが……。

その時だった。

一人落ち着いて腰を下ろしたままの露寒軒が、唐突に口を開いた。

「ならば、その七重とやらの風貌を言ってみるがいい。色は白いか黒いか。顔立ちは整っているのか。背の高さはどのくらいで、旦那や弟を何と呼んでいるのか」

露寒軒の鋭い調子の声は、ならず者ふうの男たちに向けられていた。

先ほどから口を利いている男が、ふんっと、鼻を鳴らした。それから、やけになったふうに、

「ああ、言ってやらあ。七重は色白で、中肉中背、まあまあの美人だ。旦那のことは、お前さん、弟のことは颯太って呼び捨てにしてらあ」

それを聞くなり、おいちの唇が震え出した。

露寒軒がどうなのだというように、おいちを見る。

「七重姉さんは確かに色白の美人です。でも、小柄で痩せてます。それに、旦那さんのことはいつも『三郎さん』って呼んでました――」

「なら、決まりだ。お前たち、この田舎娘を連れ出して騙《だま》すつもりであったな」

露寒軒が杖《つえ》を手に、おもむろに立ち上がる。

「この死に損ないの爺《じじい》に、お節介女め！」

二人の男たちは、互いに目を見交わすや否や、同時に露寒軒とおさめに跳びかかっていった。

「きゃあー」

茶屋の客たちの口から悲鳴が上がる。

「おさめさんっ！」

おいちも恐怖の叫び声を上げた。

無言だった男の手がおさめを捕らえるよりも一瞬早く、露寒軒の杖が横から勢いよく男の脛《すね》を叩《たた》きつけた。

「ううっ！」

男が呻《うめ》き声を上げて、その場に倒れ込む。おさめはすばやく体を退《の》けた。

その時には、露寒軒の杖はもう一方の男の横腹をしたたかに打ちつけていた。

「ぎゃあっ！」

口ほどにもなく、男は情けない声を上げて、地面に倒れ込み、のたうち回っている。

露寒軒の杖の動きはあまりにも速く、おいちには見届けることができなかった。気づいた時には、二人の男が倒れていて、露寒軒が杖を下ろすところだったのである。

「露寒軒の方は息も上がっておらず、平然とした顔つきである。

「露寒軒さま、ご無事でいらっしゃいますか」

おさめが露寒軒の傍らへ寄って、案ずるように声をかけた。

「ふんっ！　わしがならず者相手に遅れをとるものか」

露寒軒は続けて、「もう帰るぞ」と言うと、さっさと歩き出して行く。

「ちょいと、お待ちください」

おさめは急いで茶の代金を縁台の上に置き、露寒軒の後を追って走り出した。

「あっ、待って。助けてくださった御礼もまだ――」

おいちは露寒軒とおさめに声をかけたが、おさめは振り返ったものの、

「もう騙されないように気をつけるんだよ。江戸は怖いところだからね」

と、叫ぶように言うなり、そのまま露寒軒を追って行ってしまう。

一方、起き上がったならず者二人は「ちくしょう！　覚えてやがれ」と捨て台詞《ぜりふ》を吐きながら、店を出て行った。だが、再び露寒軒に立ち向かう気はないらしく、露寒軒とは反対の方へ去って行く。

「もう二度と来るな！」

「情けねえ奴らめ！」

その背中に、茶屋の客たちから罵声《ばせい》が浴びせられた。

「露寒軒さま、それに、おさめさん。待ってください」

おいちは急いで二人の後を追おうとした。

「お嬢さん、急がなくても平気だよ」

その時、茶屋にいたおかみさんがおいちに声をかけた。

「あの方は戸田《とだ》露寒軒さまとおっしゃって、この近くの梨の木坂にお宅がある。今、その場所をちゃんと教えてあげるからさ」

「本当ですか」

おいちはほっと安心して、それまでの緊張もあったせいか、どっと疲れたように腰を下ろした。

（あたしったら、本当に情けない……。こんな時、颯太がいたら、何て言われるだろう）

怒りと悲しみのない混ぜになった颯太の顔が浮かんできて、おいちは切なくなる。

（もっとしっかりしなくちゃ）

おいちは改めて気を引き締め直した。

二

茶屋の客から聞いた話では、露寒軒は元は武士で、今は出家して隠居の身であるという。兵法などにもくわしいというから、あの強さもそれゆえなのかもしれない。

また、歌詠《うたよ》みとしても有名なのだそうで、門人を同居させていた頃もあるという。今はあのおさめという住み込みの女中と二人暮らしで、家では「歌占《うたうら》」を営んでいるという話であった。

おいちは梨の木坂の場所を聞くと、お礼として渡す団子を包んでもらい、茶屋を出た。

それから、相変わらず人の多い兼康の前を通り過ぎようとしたが、その時、たいそう親身になってくれたおさめに、乳香散を買っていこうという気になった。

ほんの小さな一包で百文という値段だったが、それを買うのに、ずいぶんと時を費やしてしまった。その後、おいちは急ぎ足で、梨の木坂を目指した。

（江戸に来ても、梨の木に縁があるなんて――）

そのことが嬉《うれ》しくもあり、切なくもある。

おいちが暮らしていた下総国の真間村は、梨作りの盛んな土地であった。梨農園もあり、おいちの祖父である名主の角左衛門は農園を所有していた。そこでは、村の百姓たちも働いていたが、時には外から働き手を雇い入れることもあった。

颯太の一家はそうして雇われた余所者《よそもの》だった。

おいち自身も、六歳までは江戸で暮らしていた余所者である。

おいちの母お鶴《つる》がこの村の生まれで、父と別れた後、幼いおいちを連れて在所へ戻ったのだった。出戻りの母と二人、狭い村で暮らす生活は、決して伸び伸びしたものではなかった。誰もが遠巻きにしているようだったし、同い年くらいの子供たちは、おいちを余所者としか見てくれなかったのだ。

そうして三年が過ぎ、おいちが九歳になった春のこと――。

二歳年上の颯太が、真間村へやって来た。颯太もおいちと同じように、子供たちの輪からは外されていた。村の子供たちは余所者になかなか打ち解けない。

はぐれ者同士、いつしか寄り添うようになった颯太のことを、好きだ——と思ったのは、村に生えている野生の梨の実を、颯太が採ってきてくれた時だ。

——これ、お前にやるよ。

白い歯を見せて言う颯太は、とても男らしくて頼もしかった。

それから、昨年の春——梨の花が咲いていた頃まで、二人はずっと一緒だった。

（これからだって、ずっと一緒にいるって約束したのに……）

颯太のことを思うと、ついうつむきがちになってしまう。足許を見る目の奥が不意にぼやけて、おいちは慌てて袖を目に当てた。

顔を上げると、目の前にはゆるやかな坂が伸びている。聞いた話では、これが梨の木坂のはずであった。

坂に沿って、それほど大きくない屋敷が建ち並んでいる。この多くは同心の屋敷ということだが、露寒軒はその中の一軒を借り受けているという。

おいちはしばらく足を止め、坂の上と、さらにその先に広がる空に目を注いだ。日暮れまではまだ間があるが、空の色は少しずつ光が弱まってきているようだ。

（あたしは平気）

おいちは己にそう言い聞かせて、心を励ました。

顔を上げて、この坂を上ってゆこう。上りきるまで、決して下は向かない。うつむいてしまうと、この広い江戸で一人ぼっちだという事実に、押しつぶされそうになる。

おいちは顔を上げたまま、坂道に一歩踏み出した。

一歩、そして、また一歩――。脚絆《きゃはん》をつけたおいちの足が、坂を上ってゆく。

すると、目の前に突然、見慣れた木が現れた。

(梨の木だ!)

古い友人に出くわしたような気分に、おいちの心はにわかに弾んだ。

梨の木は、坂の途中の道と敷地の狭間《はざま》に植わっている。家の垣根は、この梨の木に合わせた格好で、瘤《こぶ》のように道側へ突き出していた。この梨の木の生えている家が、露寒軒宅であった。

おいちが門をくぐろうとすると、ちょうどその時、おいちと同じくらいの娘たちが三人、ぞろぞろと露寒軒宅から出て来た。三人の娘たちは皆、頬を紅潮させ、幾分、昂奮《こうふん》ぎみであった。手にはそれぞれ白い紙を持っている。

「あたしが引いたお札、和泉式部《いずみしきぶ》という人の歌なんですって」

梅の花をあしらった白い小袖姿の娘が、手にした紙をひらひらとさせながら、嬉《うれ》しそうに言っている。

「あたしも遠からず、式部みたいに燃えるような恋をするんだって言われたわ。それにしても、このお札、何て書いてあるのかしら。ちっとも読めなくって——」

「きっとよい運気を呼ぶ呪文《じゅもん》よ。あたしたちには読めない文字で書いてあるんだわ」

別の少女が得意げに説明する。

「あの占い師のお爺さんはすらすら読んでたわよね。やっぱりすごいわ」

少女たちは賑やかにそんなことを言い合いながら、坂をゆっくりと下り始めた。

（そういえば、露寒軒さまは歌占を営んでいるって、茶屋で教えてもらった……）

どうやら、歌占とは、文字通り、歌を用いた占いのようだ。

（あたしも……颯太のことを占ってもらいたい！）

颯太のことが何か分かるかもしれない。そう思いつくと、おいちの胸はもう颯太の面影でいっぱいになってしまった。

おいちは唇を噛《か》み締め、衿元《えりもと》をぎゅっとつかんだ。懐には、颯太が梨の枝に結び付けた文《ふみ》が入っている。今、おいちの生きる縁《よすが》は、この文一通にあった。

「ごめんください」

おいちは露寒軒宅の戸を開け、訪《おとな》いを告げた。

三

戸の向こうには、狭い土間と上がり框《がまち》が見える。その奥には廊下が続き、廊下に沿って部屋が並んでいた。

「はあい」

玄関口に近い部屋の戸が開いた。

現れたのは、先ほど別れたばかりのおさめである。

「おや、あんたは――」

「先ほどはお助けいただき、本当にありがとうございました。あたしはいちといいます。露寒軒さまとおさめさんにお礼を申し上げたくて、茶屋のお客さんに露寒軒さまのお宅の場所をお聞きしました」

そのおいちとおさめのやり取りが聞こえたのだろう。

「大したことをしたわけでもないのに、礼など要《い》らん。店の客の邪魔になるゆえ、引き取っていただけ」

聞き覚えのある露寒軒の不愛想な声が、部屋の奥から聞こえてきた。

「いいえ、露寒軒さま」

おいちはその場で声を張り上げた。

「お礼を申し上げたいのも本心ですが、あたしも歌占をお願いしたいんです」

一瞬、部屋の奥が沈黙した。

「どうなさいます、露寒軒さま。お客さんをお通ししますか」

おさめが部屋に向かって問う。

「ええい、客ならば追い返すはずもない。分かり切ったことをいちいち訊くな」

露寒軒の怒鳴り声が、それまでの倍ほどの大声で聞こえてきた。

おさめは肩をすくめたが、露寒軒の大声には慣れているのか、あまりこたえていないようだ。少し悪戯《いたずら》っぽい眼差しで笑ってみせると、

「さあ、中へどうぞ」

と、おいちを誘った。

おいちは草履を脱ぎ、脚絆はつけたままの格好で、露寒軒の待つ部屋へ入った。そこは六畳ほどの座敷で、廊下を背にして右側に襖があり、隣室との境をなしている。

露寒軒は、廊下側の戸と向かい合う形で座っていた。その前には机が一つあり、筆や墨、紙などが用意されている。

他には、占いで使うと思われる木の筒が置かれていた。

「先ほどはお助けいただき、ありがとうございました。これは、そのお礼としてお納めくださいませ」

おいちは露寒軒の前に正座して言い、用意してきた団子の包を差し出した。

「ふん！」

礼を言われるのが照れくさいのか、露寒軒はろくに返事もしない。

「まあまあ、露寒軒さまはあの茶屋のお団子がお好きなんですよ。今日はごたごたがあって、買いそびれてしまいましたから、ちょうどよかったというもんです。どうもありがと

うございました」

いつの間にか、おいちの傍らに来ていたおさめが、おいちの方に体ごと向き直って座り、勝手に礼を述べた。そして、露寒軒が何か言う前に、

「ささ、露寒軒さま。お客さんの占いをしてあげてくださいませ」

と、話を進めた。

「ふむ」

露寒軒は促されて、その気になったらしく、白いものの交じった見事な顎鬚《あごひげ》をいじりながら、

「お前は初めての客であるな。わしが行うのは歌占である」

と、もったいぶった様子で厳《おご》かに告げた。

「歌占というのは、どういう占いですか」

おいちが尋ねると、露寒軒はじろりとおいちを見据えた。

(何だ。そんなことも知らんで来たのか)

とでも言いたげな顔つきを、隠そうともしない。

「歌占とはな。歌を引くことで、出た歌をわしが解釈して、今後の生きる術《すべ》を教えて進ぜようというものじゃ」

露寒軒はひどく重々しい調子で答えた。

「神社のおみくじみたいなものですか」

ふと思いついたことを口にすると、

「愚か者っ！」

いきなり叱声《しっせい》が飛んだ。

「わしの占いはただ、吉だの凶だのと、結果を伝えるだけのものではない」

怒鳴られたおいちが憮然《ぶぜん》とした表情になると、老人はごほんとごまかすように咳払《せきばら》いをした。

「まあ、お前が無知であろうが愚かであろうが、わしには関わりないことじゃ。見料は十文。何を占ってほしいのか、言うてみるがよい」

露寒軒は気を取り直した様子で言い出した。

「人を捜しています。その人と再会できるかどうか、占ってほしいんです」

「ふむふむ。先ほど尋ねていた者のことじゃな。確か、七重とかいう名であったか」

「いえ、あたしが心底逢いたいのは、七重さんの弟の颯太の方なんです」

「そうか」

露寒軒は一度うなずいたが、それ以上、詮索してくることはなかった。

「それでは、その者の顔をよくよく思い浮かべながら、この筒の中に手を入れ、折り畳まれたお札を一つ引くがよい」

露寒軒は言い、おいちに向かって筒を差し出してきた。

それは、長さ一尺足らずくらいの木製の筒で、蓋はなく、人が腕を入れてやや余るほどの大きさの筒であった。

おいちは無言で右手を差し出した。袂《たもと》を左手で押さえながら、筒の中に手を入れる。中には、折り畳んだ紙を結んだものが、いくつか入っているようであった。

じっと目を閉じ、颯太の顔を思い浮かべる。

――わが願ひ、君が幸ひのみにて候ふ。わがこと、許すまじ。忘れたまへ。

颯太が最後に残していった文の言葉が、まるで今、耳許で告げられているかのように生々しくよみがえった。

(颯太っ! どうして、あたしを置き去りにして、村を出たの?)

颯太が去って以来ずっと、胸にわだかまっていた思いが――叫び出したくてこらえ続けていた思いが、指先からほとばしり出る。

ぱっと目を開けた時、おいちは一枚のお札をつかんでいた。

恐るおそる筒から手を出す。

握り締めていたお札の紙を、そのまま露寒軒に渡した。

露寒軒はまず、おいちから渡されたその紙の様子を、じっと見つめた。お札の紙はおいちがぎゅっとつかんでいたため、一部にくっきりと皺《しわ》が寄っている。

それから、露寒軒はゆっくりと紙を開いた。しばらくの間、紙をじっと見つめたまま、なかなか結果を口にしようとしない。ややあってから、

「お前は……下総国葛飾《かつしか》の――」

と、占い師の老人はいきなり言った。

おいちの胸はどくんと鳴った。

自分は先ほど茶屋で、真間村から来たと口にしただろうか。いや、下総国から来たとさえ言わなかったはずだ。万一にも、真間村の者たちに居場所が知れるのを恐れて、そのことを口にするのは控えていた。

「真間の辺りから来たのではないか」

　露寒軒から、続けてそう言い当てられた時、

「えっ！　どうして分かるのですか」

　おいちは、思わず身を乗り出して訊き返してしまった。

　すると、露寒軒の顔にゆるゆると満足そうな笑みが浮かび、見る見るうちに得意げなものに変わった。

「黙っておっても、わしには何でもお見通しよ」

　いささか鼻持ちならない顔つきで、露寒軒が言う。

　おいちは傍らのおさめを振り返った。おいちの表情があまりに深刻だったことに、おさめは驚いたようであったが、

「これが、露寒軒さまのお力なのよ」

　と、露寒軒の力については疑いを抱いていない様子である。

　だが、おいちは露寒軒がどうして分かったのか、その理由が気にかかった。そこで、

「もしかして、露寒軒さまは人の心が読めるのですか」

思いついたことをそのまま尋ねると、

「愚か者め！　わしは歌占師じゃ！」

再び叱声が飛んできた。しかも、今度は耳をふさぎたくなるような大声である。

「では、露寒軒さま。教えてください。あたしの願いは叶《かな》うんでしょうか」

手をついて頼み込むと、露寒軒はにわかに機嫌を直した。

「ふむふむ。そうだな。まずはそれを答えて進ぜよう。今は、お前とその男が再会するのは難しい。なぜならば、それを邪魔するものがあるからだ」

手入れの行き届いた顎鬚をいじりながら、露寒軒はもったいぶった様子で答えた。

「邪魔するもの……？」

おいちが問うと、露寒軒は手にしていたお札を、おいちの前に示してみせた。これを読んでみよということらしい。そこには、金釘ばった見るに耐えない悪筆で何かが書かれていた。

そういえば、先に店から出てきた娘たちが、読めない呪文と評していたことを、おいちは思い出した。

「そのう、露寒軒さまが読んでください」

おいちが言うと、露寒軒は「なに？」と目を剝いた。

「お前は、見たところ、十五、六にもなっていようが、字が読めぬのか」

「読めます！」

おいちはきっとなって言い返した。だが、ここで怒れば、その倍以上の怒声に見舞われることになるだろう。おいちは気を静めると、

「でも、あたしは田舎育ちですから、名筆と言われる人の筆跡なんて見たこともなくて──。特に、このように独特の味わいがある筆は──」

しずしずと言い添えた。無論、嫌味のつもりであったが、露寒軒はそれを都合よく解釈した。

「そうか。まあ、それならば無理もない。この筆遣いはなあ。昔、定家様《ていかよう》を学んだ後、わし自身、開眼するところがあって、それに手を加えて編み出した新しい書きぶりじゃ。まあ、露寒軒様《ろかんけんよう》とでも呼んでもらおうか」

すっかり得意げな口ぶりである。

定家様の書風を学んだのなら、そこに下手な手心など加えず、定家の物真似《ものまね》だけしていればよかったのに……。おいちは胸の中でこっそりとそう呟《つぶや》いた。

「それでは、ここに書かれた和歌を読んで進ぜよう」

露寒軒は言い、もったいぶった様子で、口を開いた。とたんに、緩んでいた表情が引き締まり、露寒軒の体全体からかもし出される雰囲気が厳《おごそ》かなものに変わった。

思わずつられて、おいちも背筋を伸ばし、姿勢を正していた。

勝鹿《かつしか》の真間の井を見れば立ち平《なら》し　水汲《く》ましけむ手児奈し思ほゆ

「この歌……」


いつしか露寒軒の朗々たる声は、幼い男女の真剣な声に変わっていた。

そう、忘れるはずもない。

この歌は、真間手児奈を祀る瓶井坊《かめいぼう》の真間の井で、颯太と一緒においち自身が読み上げた歌だったのだ。

そして、この歌を真間の井で男女が一緒に読み上げると、その二人は必ず結ばれ、決して離れることはないという言い伝えがあった。

「ほう。お前、この歌を知っておるのか」

露寒軒が少し驚いたような声で言った。

「無知な田舎娘と思うていたが、周りに教養のある者がおったと……」

言いかけた露寒軒の言葉が、途中で切れた。

「おいちさん、あんた――」

おさめも驚きの声を発して、気がかりそうにおいちを見つめている。

二人の様子に、おいちははっと我に返った。

気がつけば、頰を涙が伝っている。

「あたしったら、どうして――」

おいちは懐から鼻紙を取り出そうとした。その時、同じく懐に入れておいた颯太からの文に手が触れた。

ほんの少し衿元からのぞいたその文を、急いで懐の奥深くへしまい込みながら、おいちは再び涙ぐみそうになる。

鼻紙を目の下に当てている間、露寒軒もおさめも無言であった。

その時、気まずくなった雰囲気を振り払うかのように、

「ごめんください」

という声が外の戸口からかけられた。落ち着いた女の声である。

「はあい」

おさめが返事をし、弾かれたように立ち上がった。

廊下へ出て行ったおさめは、すぐに戻ってくると、

「歌占のお客さんです」

と、露寒軒に告げた。続けて、

「おいちさんはしばらく別室で休んでもらうことにして、その間に、新しいお客さんをお通しになっては――?」

と、早口に言う。

「ええい、お前ごときがこのわしに指図するな」

露寒軒はおさめに文句を言ったが、

「まあ、そうするがいい」

と、おさめの意見には素直に賛同した。

「客を通したら、お前はこの娘の世話をしてやれ」

露寒軒が言うと、おさめは嬉しげにうなずいた。

「それじゃあ、おいちさん。とりあえず、そこの襖から隣の部屋へ行っていておくれ。お客さんをここへお通ししたら、あたしが迎えに行くから——」

おさめから慌ただしく指図され、おいちは言われるまま風呂敷包を手に立ち上がった。示された襖から隣の部屋へ行くと、おさめが後ろから襖をさっと閉めてしまう。

隣室の座敷で所在なく立ち尽くしていると、ややあって、廊下側の戸が開いた。おさめが「こっちへ」というふうに口を動かしながら、手招きしている。

おいちはあまり音を立てないように注意しながら、廊下へ出た。

おさめがやはり注意深く静かに戸を閉める。

それから、玄関とは反対側の奥の方へ、おさめはおいちを連れて行った。一番奥は食事の仕度をする台所である。

おさめはその脇にある小部屋へ、おいちを入れた。そこは、漬物の樽《たる》や食器などが置かれた板敷の部屋であったが、きれいに整理されており、雑然とした感じはない。

「少し狭いし、敷物もないんだけど、ここならあっちの部屋に声も届かないからさ」

おさめは気軽に言い、おいちに座るよう勧めた。

「さあ」

おいちが膝をそろえて座るのを待ちかねたように、おさめは言った。狭い部屋なので、二人の膝と膝がついてしまいそうである。

「差し支えのないとこだけでいいからさ。話してごらんよ。いろいろな事情を抱えてるみたいだけど、あたしでも力になれることがあるかもしれないし……」

「おさめさん――」

いささか過ぎるくらいの親切に、おいちは胸がいっぱいになった。

「あっ、あたしがこんなこと言うのは、ただ単にお節介な性質《たち》だからだよ。さっきのならず者にも言われたけどさ。あたし以外の者から、親切ごかしのことを言われても、信じちゃいけない。おいちさん、すぐに人を信じちゃうみたいだからさあ」

「あれは……。颯太と七重姉さんのこと言われて、そのことしか考えられなくなったからで――」

おいちは慌てて言い訳するように言ったが、もしあの時、露寒軒とおさめがいなければ、今頃どうなっていただろう。そう思うと、どんなに礼を言っても言い尽くせない。

「おさめさん、先ほどは本当にありがとうございました。あの、これはおさめさんにと思って、持って来たんです」

おいちは風呂敷包に入れてあった乳香散の紙包を取り出し、おさめに渡した。

「あっ、これは兼康のだね。評判高いから、いつか使ってみようと思ってたんだけど、あの人出だろ。買いに行く手間も金も惜しくて、まだ使ったことなかったんだ。それじゃあ、遠慮なくいただいておくよ」

おさめは嬉しげに言うと、乳香散を受け取った。それを袂にしまってから、

「で、おいちさん。あんたは下総の真間村から、颯太っていう男を捜しに出て来たわけだね。一人みたいだけど、親御さんは知ってるのかい？」

と、話を向けた。

「母さんは去年の暮れに亡くなったんです。父さんは……あたしが六歳の時、家を出てそれっきりで――」

「まあ、それは気の毒にねえ」

おさめはしんみりとした口ぶりで言う。が、すぐに気を取り直した様子で、

「けど、他の親戚はいるんだろ」

と、再びおいちに尋ねた。

「あたしの母さんは親に逆らって、父さんと結婚したんです」

「それじゃあ、駆け落ちっていうやつかい。けど、そうまでして、お父つぁんに逃げられたんじゃや、おっ母さんも実家に合わせる顔がなかったろう」

「そうなんです。でも、母さんはあたしを抱えて、他に頼るところもなく、実家に帰りました。その母さんの実家が真間村なんです。母さんの実家は名主の家で、お祖父《じい》さんは角左衛門といって今も村にいます。けれど、お祖父さんは母さんのことを許さず、母屋の敷

居をまたぐことを、母さんにもあたしにも許しませんでした。だから、あたしと母さんはずっと土蔵で暮らしてたんです」

おいちがこれまでの暮らしぶりを語ると、おさめは憤然とした表情になった。

「そのお祖父さんってのは、ひどい男だね。駆け落ちして裏切られたと言ったって、実の娘と孫娘じゃないか」

「お祖母さんの話では、お祖父さんは母さんのこと、すごく大事にしていて、嫁にはやらず婿を取って分家させようって言ってたんだそうです。それで、お婿さんも決めていたのに、その直前に母さんが裏切ったから、余計に許せなかったみたいです」

「まあ、お祖父さんにもいろいろ思うところがあるんだろうけどさ。それで、おいちさんが家を出てきたこと、そのお祖父さんは知ってるのかい？」

「黙って出てきました。でも、お祖父さんはあたしのことなんか、どうでもいいと思います。捜すこともしないはずです」

おいちは急に淡々とした口ぶりになって言い放った。

「でもねえ。二親もいないなら、そのお祖父さんがおいちさんの親代わりなんだろうし……」

おさめはおいちをなだめるような口ぶりになり、気遣《きづか》わしげな表情を浮かべた。

「いいんです。それより、あたしは颯太を捜さなくちゃ――」

おさめにというより、自分自身に言い聞かせるように、おいちは言う。その語気の強さに圧《お》されたのか、おさめはほんの少しの間、口をつぐんだ。

「じゃあ、その颯太さんの話を聞こうか。確か、颯太さんは姉さん夫婦と一緒に暮らしていたけど、三人で突然姿を消したんだったよね」

「そうです。去年の梨の花が咲いている頃でした――」

おいちは目を下に落として言った。

「あたしの勘が外れてなけりゃ、颯太さんってのは、おいちさんのいい人なんだろ」

おさめの問いかけに、おいちはぱっと顔を上げた。どうして分かるのか、というもの問いたげな眼差しに、おさめは笑い出した。

「あたしには何の力もないよ。おいちさんの必死な様子を見てりゃ、誰だって分かるさ。露寒軒さまがおいちさんの在所を見破ったのは、特別なお力だと思うけれどね」

まあ、その力については、後で露寒軒さまから直《じか》に聞いておくれ――と言い置き、おさめは話を先に進めた。

「さっき、露寒軒さまが口ずさんだ歌を聞いて、おいちさんは泣いていたね。あの歌、何かあるんだろう。その颯太さんとの想い出か何かかい？」

おさめはやはり勘がいい。おいちはゆっくりと首を縦に動かした。

四

秋になり、梨の収穫も稲の収穫も終わった頃、葛飾では手児奈祭りが行われる。

手児奈とは、遠い昔、葛飾に住んでいたと言われる伝説の美女のことで、真間手児奈と呼ばれている。

この娘は多くの男たちから求愛されたが、誰も選べず、ある日、入り江に身を投げて死んでしまった。

この真間手児奈を偲《しの》んで催される祭りの日には、弘法寺《ぐほうじ》という古寺の門前に、多くの屋台が立ち並ぶ。手児奈が水を汲《く》んだという真間の井は、この弘法寺貫主《かんじゅ》の隠居所である瓶井坊の敷地内にあった。

おいちが初めて手児奈祭りに出かけたのは、十一歳の秋のことだ。

この日は、誰もが一張羅《いっちょうら》を着てめかしこみ、仲の良い者同士、連れ立って外出する。おいちはこの年初めて、颯太と一緒に手児奈祭りへ出かける約束をしたのであった。

「暮れ六つ（午後六時頃）の鐘が鳴るまでには、帰って来るんだよ」

母のお鶴から、しっかりと念を押され、おいちは足取りも軽く出かけて行った。

村のはずれにある大きな梨の木が、颯太との待ち合わせの場所である。

「へえ、似合うじゃねえか」

いつになく華やかな橙《だいだい》色の小袖を着たおいちを見て、颯太はまぶしそうに言った。

名主の孫娘であっても、おいちは贅沢《ぜいたく》をさせてもらえるわけではない。いつもは紺や白といった地味な色の着物ばかりを着せられていた。だが、この日の着物は、昔、母が着ていた小袖をおいちのために仕立て直してくれたものであった。

一方、颯太はいつも同じ絣《かすり》の小袖に股引《ももひき》という格好である。おいちの祖父角左衛門の梨農園で働く姉夫婦では、颯太に贅沢はさせられないのだろう。十三歳になる颯太は、姉夫婦を手伝って農園で働いていた。そのせいか、体つきは逞《たくま》しく、背もおいちの頭一つ分は高い。日焼けした肌は冬でも浅黒く、引き締まっていた。

そんな颯太のことを、村の少女たちがどんなふうに思っているか、おいちも知らぬわけではない。

余所者が入ってくることの少ない村の中で、颯太は特別である。少年たちからは胡散《うさん》臭く見られても、少女たちの目にはそれがかえって魅力となることもあった。同じ年頃の少年たちと群れないのも、大人びているからだと思われていた。

そんな颯太に憧れる少女たちは少なくなかったし、手児奈祭りに出かけたがっている娘もいたはずだ。

颯太と約束をした後も、颯太が他の娘と行くなどと言い出すのではないかと、おいちは気が気でならなかった。

だが、颯太はおいちとの約束を守ってくれた。そして、精一杯のおしゃれをしたおいちに、似合うと言ってくれた。

そのことが、たとえようもなく嬉しい。颯太の言葉を噛み締めながら、喜びに浸っていると、

「行くぞ」

という、少しぶっきらぼうな声が、おいちの酔いを覚ました。

もたれかかっていた梨の幹から身を起こした颯太は、さっさと歩き出してしまう。

「ま、待ってよ」

おいちは慌てて颯太の背中を追いかけた。

やがて、弘法寺の門前にたどり着き、見たこともないような人ごみにまぎれながら、おいちと颯太は屋台を見て回った。

飴《あめ》や団子、餅《もち》売りなどの屋台の他、櫛《くし》や手鏡など、女たちの喜びそうな雑貨の店も出ている。初めははしゃぎながら、店を見て回っていたおいちだが、やがて、あまりの人の多さに気分が悪くなってしまった。

「この門前から離れて、静かな所へ行くか」

そう言ってくれた颯太に向かって、おいちは、

「瓶井坊へ行きたい」

と、頼んだ。そこには、手児奈が水を汲んだという真間の井がある。

「手児奈祭りの日にゃ、真間の井にお参りしようって奴らも多いんじゃねえか」

「平気よ。今日は水辺に近付く人はあまりいないと思う」

おいちがきっぱりと言うと、颯太はおいちを瓶井坊へと連れ出してくれた。

「真間の井を見に行きましょうよ」

おいちは颯太の腕に取りすがるようにして頼んだ。やがて、二人は真間の井の前に到着

した。

今日の祭りに備えてか、真間の井の近くの松の木には、紅白の幔幕《まんまく》が被せられている。だが、人の気配はなく、しんとしていた。

「真間手児奈がどうして死んだか知ってる？」

静かな所へ来て、少し顔色に明るさを取り戻したおいちが、颯太に尋ねた。

「いや」

と、颯太は首を横に振る。

「真間手児奈は美人だったから、多くの男の人に求婚されたって話は――？」

「ああ、それなら知ってる」

颯太はうなずいた。

「でも、手児奈は誰も選べなかったんだって。誰か一人を選べば、他の人を傷つけることになるからって」

「莫迦《ばか》な女だな。誰も選ばねえ方が、よっぽど酷な話じゃねえか」

颯太は言う。ぶっきらぼうなその物言いに、おいちは微笑《ほほえ》んだ。

「うん。あたしもそう思う。でも、手児奈は選べなかったの。それで、昔はこの辺りは海の入り江だったみたいなんだけど、そこに身を投げて死んでしまったんだって」

「その手児奈を祭る日だから、水辺には誰も近付かねえってわけか」

颯太はようやく合点がいったようにうなずいた。

「うん。井戸も一応、水の湧《わ》き出る所だから——。でも、別に近付いたらいけないってことではないみたい。ただ、手児奈の霊を怒らせないように、今日は水辺には近付かないようにするんだって」

「ふうん。この村の人は優しいんだな」

颯太はそんなことを言った。

「なら、俺たちはここにいていいのかな」

「まだ、話の続きがあるの」

颯太の言葉には取り合わず、おいちは言った。

「手児奈祭りの日に、一緒に出かけた男女がね。その一年以内に、この真間の井の前で、ある歌を一緒に歌うと、その男女は必ず結ばれるっていう言い伝えがあるの」

「手児奈祭りの日に……?」

それは、まさに今日のことだ。一緒に出掛けた男女といえば、颯太とおいちもまさにその二人となる。

「へえ……」

颯太は少し動揺したようにうなずいた。

「その歌ってのは、お前、知ってるのか」

「うん。母さんに教えてもらった」

おいちはうなずいた。

「知りたい？」

颯太は目をあちこちに動かしながら答える。

「ま、まあな」

「じゃあ、あたしと一緒に、その歌をここで読み上げてくれる？」

「えっ？」

颯太の目が、おいちの目にしっかりと据えられた。

おいちは瞬きもせず、颯太をじっと見つめ返した。

本気だった。

颯太と結ばれたい。そう思って言い出したことなのだ。

「お前、それ、本気で言ってるのか」

颯太は真面目《まじめ》な顔つきで尋ねた。

「本気に決まってるじゃない」

おいちも目をそらさずに答える。

「俺は、この村の者じゃねえし、実家だって、食うに困って姉ちゃん夫婦と俺を追い出したような貧乏百姓だ。土地も家もねえ。この村でだって、いつまで雇ってもらえるか分からねえんだぜ」

「そんなことは、颯太自身とは関わりないことでしょ」

おいちはきっぱり言った。

「あたしだって、母さんは名主の家の厄介者だって言われてる。父さんは行方も分からない。いつまでもこの村に置いてもらえるかどうかさえ分からない。でも、颯太とずうーっと一緒にいたい。そう思うから、この話をしてるの」

おいちの真剣さはそのまま、まっすぐ颯太の胸に伝わったようであった。

颯太はそう聞くと、ゆっくりとうなずいた。

「なら、その歌を教えてくれ。一緒に歌おう。俺も本気だ」

「本当？」

おいちの頬に、初めて赤みがさした。

「嘘《うそ》は言わねえ」

颯太はきっぱりと言う。

おいちは懐から、母に書いてもらった紙を取り出した。

「颯太、字は読めるの」

ふと心配になって尋ねた。

颯太はこの村へ来てから、ずっと姉夫婦の手伝いをしていたから、寺子屋へ通ってはいない。だが、

「莫迦にするなよ」

と、颯太はふくれっ面になって言い返した。

聞けば、実家の八千代村にいた頃は、寺子屋に通っていたという。また、その後も姉と

義兄から読み書きは習い続けていたそうで、特に、義兄は寺にいたことがあり、漢文の読み書きすらできるらしい。

「かつしかのままのいをみればたちならしみずくましけむ手児奈しおもほゆ」

母が書いてくれた歌はほとんどひらがなであった。手児奈という部分だけは、漢字になっている。

これで「てこな」と読むのだということは、母から教えてもらっていた。

「これ、どういう意味なんだ」

「何か、大昔の人が真間手児奈のことを詠んだ歌なんだって――」

「まあ、いいさ。この歌を一緒に唱えればいいんだな」

「うん。真間の井に向かって読み上げるんだって」

二人は一緒に紙の端を左右から片手で持つようにして、真間の井の端に立った。

「じゃあ、読むぞ」

颯太の掛け声で、二人は声を合わせて歌を読み上げた。

「かつしかの……」

初めはそれぞれの声の速さが合わず、少しずれてしまったが、互いに合わせるようにして、最後はきちんと二人で同時に読み終えた。

「これでいいんだな」

歌を口ずさんでいる時は堂々としていた颯太の声が、この時は少しかすれていた。

「うん」

おいちはどこか上の空で呟く。

何とも言い知れぬ深い感動に、この時のおいちは包まれていた。歌の意味はよく分からないというのに、読み終えた瞬間から、自分たちが強く結び付けられたような気がした。

誰が邪魔をしようとしても、どんな運命が二人を引き離そうとしたとしても、二人はずっと一緒にいる。

心の底から、そう信じられた。

これが、歌というものの——古代の人が言霊《ことだま》と呼んで信じたものの力なのかもしれない。

おいちが感じていたのと同じ思いを、颯太も抱いていたのだろうか。おいちの右手はそっと颯太の左手の中に包み込まれていた。おいちも颯太の手を握り返した。

二人は言葉もなく、しばらくの間、真間の井の前でそうしていたが、

「おい」

不意に、颯太が押し殺したような声を上げた。

「えっ」

小さく呟いて、おいちが颯太を見ると、颯太が井戸の底を指差している。

おいちは身を乗り出すようにして、井戸の中をのぞき込んだ。

「真っ暗だわ……」

おいちは呟いた。その声も井戸の底に吸い込まれてゆくようだ。

井戸の真上から空を振り仰ぐと、丈高く伸びた笹の葉が空に覆い被さっているが、日の光は降り注いでいる。あの一滴でも、井戸の底の水面に届いたならば、きっと黄金の欠片のように光って見えるだろうに……。

「こっちへ来いよ」

颯太はささやくような声で言って、おいちの後ろへ静かに移動した。それから、おいちの肩を抱き、ゆっくりとそれまで自分がいた場所においちを導いた。

「あっ!」

確かに見えた。

井戸の底に、ちかっと光る黄金の光――。

それは、たった一瞬のことで、おいちがその絶好の位置から、少しずれただけで、もう見えなくなってしまう。だが、あの宝石のような光は確かに――。

「見えた!」

おいちは歓声を上げて、颯太を見た。

「うん、俺にも見えた」

颯太の目が笑っている。

「あたしたちだけの秘密よ」

「うん、分かった」

その場で、二人は誓い合った。

「母さんが教えてくれたの。昔からずっと、恋人たちの間では恋の歌を贈り合う習いがあったんだって」

　不意に、おいちは真間の井に目を向けたまま、ささやくようにそう言った。

「へえ」

「『小倉百人一首』にも、恋の歌はたくさんあるんだって、母さんが言ってたわ」

「そうなのか」

「その時は、何とも思わなかったんだけど、今、あたし、思ったの。あたしも、恋の歌を作ってみたいなって。それに、恋の歌を贈ってもらいたいなって」

　おいちの言葉に、颯太は目を剝いて、傍らのおいちの方を見た。つられて、おいちも颯太の方に目を向けたので、二人は歌を口ずさんでからはじめて、互いの顔を正面から見つめ合う形になった。

（颯太……）

　目の前にいるのは、おいちのよく知る颯太に違いない。だが、どこか違う人のようにも見えて、おいちには不思議だった。

　颯太はこういう顔をしていたんだ。鋭い一重の目はおいちに向けられた時、こんなにも優しい眼差しになり、浅黒い肌はこんなにも艶《つや》やかで美しく、凛々《りり》しく男らしい顔立ちをしていたのだ、と——。

「何だよ」

颯太は照れ隠しのように、訝《いぶか》しげな顔つきをしてみせた。

「その歌を贈ってもらいたい奴ってのは、俺のことか」

颯太の言葉に、おいちははっと我に返った。

「当たり前でしょ。他に誰がいるのよ」

そう答えた時は、いつもの調子で声を出すことができた。

「まあ、そうだよなあ」

颯太は困ったような表情になると、大真面目に続けた。

「だけど、俺、歌なんか作れないぜ」

「あたしだって、作れないわよ」

おいちも正直に言った。作れないどころか、すでに作られている歌の意味さえ、おぼろげにしか理解できない。

「でも、これから習えばいいじゃない」

「まあ、そうなんだよな」

「漢文も読み書きできるっていう義兄さんなら、歌も作れるんじゃないの」

ふとした思いつきで、おいちが言うと、

「そうだなあ。義兄さんなら知ってるかもしれないな」

颯太も納得した様子でうなずいた。

「今度、その義兄さんに会わせて。颯太のお姉さんにも――」

「あたしの母さんにも会って。外へは出たがらないと思うから、遊びに来てほしいな」

「ああ」

「うん」

そのおいちの言葉にも、颯太はしっかりとうなずいた。

自分たちはもう永久《とこしえ》に離れはしない。この時のおいちは、そう信じて疑わなかった。

五

それから、四年が過ぎた。

新しい年が明け、颯太は十七歳、おいちは十五歳になった。

その間に、おいちの母お鶴は、脚気《かっけ》の病が悪化して寝込むようになった。

そんなお鶴を、颯太は時折、見舞いに来てくれる。

おいちもまた、颯太の家へ行き、その姉夫婦と顔見知りになった。

颯太の姉は七重といい、颯太より十歳近く年上で、美人で働き者だった。

七重の夫の佐三郎《すけさぶろう》は、七重に似合いの男前だが、体が少し弱いらしい。

三人は角左衛門の梨農園で働き、その貸家住まいをしていた。

聞くところでは、七重は在所の八千代村から、江戸の本郷の町家へ養女にもらわれてゆき、十六の年、佐三郎と夫婦になって在所へ戻ってきたらしい。

颯太もそれ以上のことは知らないということだった。

そして、この年の春、真間村に見知らぬ男がやって来た。四十がらみの旅の者らしいその男は、村の者たちに佐三郎と七重について、いちいち聞き回っていたらしい。

男は翌日には村から姿を消したが、村には佐三郎と七重にまつわるさまざまな噂が広まっていた。

「佐三郎さんは江戸で罪を犯して、追われているらしいよ」

「いやいや、捜しているのは七重さんの親御さんだろう。二人は駆け落ちして逃げてるらしいね」

「ただの駆け落ちじゃねえ。人妻だった七重を、佐三郎が奪い取って逃げたんだ。二人を捜してるのは七重の亭主だそうだぜ。村に来たのはその雇われ人だろう」

中傷も含めたさまざまなことを言い触らされたが、共通しているのは、佐三郎と七重が人目を忍ぶ身の上ということだった。

二人が余所者で、その前の暮らしもはっきりとしていないのが、噂に尾ひれをつけることになったようだ。

「何言ってるんだか。本当に人目を忍んでいるのなら、一つの村に五年以上も住み着いたりしないわよ！」

おいちは憤慨したが、その一方で、どういうわけか拭いきれぬ不安を覚えてもいた。おいちの傍らで床に就いている母のお鶴は、そんなおいちの心の襞《ひだ》をすぐに見抜いたようだ。

「颯太さんがこの村を出て行くことになっても、お前はここに残っているの？」

お鶴は前置きもなく、突然尋ねた。

「母さん、どうしてそんな――」

「おいち」

お鶴は不意に、滅多に出したことのないような厳しい声を出した。

「母さんは、決してありもしないようなことを話しているんじゃないの。颯太さんは本当にここからいなくなってしまうかもしれないのよ。その時、お前はどうするの。どうしたいと思っているの」

「あ、あたしは……」

いったん口ごもったおいちは、やがて、覚悟を決めて母を見つめ返すと、再び口を開いた。

「あたしは颯太のことが好きなの。颯太のとこへお嫁にいきたいって思ってる」

おいちは息継ぎもせず一気に言った。その言葉を聞いても、お鶴は驚かなかった。

「颯太さんも同じ気持ちなの？」

「そうだと思う」

おいちは躊躇《ためら》わずにうなずいた。

「だったら、颯太さんからちゃんと事情を聞きなさい。その上で、どうするかを二人で考えるんだよ」

お鶴は厳しい声のまま、娘を励ますように言った。それから、

「お前が颯太さんと本気で一緒になりたいのなら――」

と、続けて言うと、そこでいったん口を閉ざした。次に出てくる言葉は何となく予想がついて、おいちは耳をふさぎたくなる。やがて、お鶴はゆっくり口を開くと、

「母さんのことは考えないでいい」

と、おいちの胸の中を見透かしたように、静かに告げた。

「でも、母さん。病なのに……」

「人は誰でも病にかかるし、いつかは死ぬものなの。そんなことより――」

お鶴は針のように鋭い眼差しを、おいちに向けて言う。

「女は好いた人と一緒にならなければ、幸せにはなれないのよ」

躊躇いのないきっぱりとした口ぶりであった。そのことを決して忘れないで――と、お鶴は続けて言った。

母がおいちに初めて示してくれた生き方の標《しるべ》であった。

母の真剣な言葉は、そのままおいちの胸にまっすぐ届いた。

「おいち――」

震えの強くなったおいちの指を、母がいっそう強く握ってくれる。

指先が――いや、体中がかっと燃え立つように熱くなった。母が注いでくれたものか、身内から噴き上げる熱か、分からない。

だが、その熱さを感じた時、おいちの体の震えは自然と収まっていた。

「母さん、あたし、出かけてくる！」

颯太とは、明日会う約束をしていたが、とてもそれまで待っていられない。

もう昼の七つ（午後四時頃）は過ぎたろうが、日暮れにはまだ間があるだろう。

おいちは土蔵を飛び出すなり、颯太の家へと駆けた。

颯太の一家が暮らす家は、村の中心部にある名主角左衛門の家からは遠く離れた梨農園の近くにある。焦る気持ちで足はもつれた。

颯太の家の近くまで来て、物干し台に見覚えのある颯太の野良着を見つけた時、おいちは体の力が一気に萎《な》えた。足をふらつかせながら、家の戸に近付く。

どんどん、どんどんと、いささか乱暴に、おいちは家の戸を叩き続けた。

「誰だ！」

中から太く険しい声がして、引き戸が中から開けられた。

「……おいち」

髪もほつれ、足下は埃《ほこり》まみれになっているおいちの姿を見て、颯太は絶句した。

「颯太――。あ、あたし、どうしても逢いたくて……」

おいちは言うなり、思わず泣き出しそうになった。

「何言ってんだよ」

颯太は慌てたように言ったが、その表情は強張《こわば》っている。ちらりと家の中へ目をやったが、佐三郎と七重がいるからなのか、

「外へ行こう」

と、言って、颯太は引き戸を閉めた。

「村外れの梨の木まで歩こうか」

颯太が言い、おいちはうなずいた。おいちの息が切れているのを気遣ってのことだろう、颯太はゆっくりと歩いた。

「余計な心配かけちまったんだな」

「噂のことなら、あたし、信じてない。けど……」

「母さんの具合はどうなんだ」

「うん。あんまりよくない……」

会話は肝心のところには行き着かず、その周辺だけをめぐって、ぷつりと途切れてしまう。

そうするうち、やがて、二人はいつも待ち合わせる梨の木までやって来てしまった。

梨の白い花が優しげに揺れている。花が勇気をくれるような気がした。

「颯太」

おいちは思い切って呼びかけた。

「どこにも……行かないよね」

颯太の返事はない。

「ねえ、どこにも行ったりしないよね」

もう一度、おいちは問うた。梢《こずえ》の花をぼんやり見つめていた颯太の眼差しが、ゆっくりとおいちに戻ってくる。

「ああ」

颯太は力強くうなずいた。

「どこにも行かねえよ」

「もし行くんだとしても、必ずあたしに知らせてくれるよね」

「ああ」

颯太はもう一度、しっかりとうなずく。

「母さんはね。自分のことは気にしなくていいって言うの。女は好いた人と一緒にならなければ、幸せにはなれないんだって」

おいちは必死になって言った。本当に言いたいのは違うことのような気がする。だが、どう言えばよいのか分からぬまま、ただ母から聞いた言葉を、そのまま颯太に向かって口にすることしかできなかった。

「そりゃ、女だけじゃねえだろ」

颯太は歯を見せて笑いかけた。背後で揺れる梨の花と同じように真っ白な歯だ。

「男だって、好いた女と一緒にならなけりゃ、幸せにはなれねえよ」

「……うん。そうだよね」

颯太に笑い返そうとしたのだが、泣き出しそうになって、おいちはうつむいた。

「けどさ。男の願いってのはさ」

颯太はそこまで言って、口を閉ざした。

「何？」

好いた女と一緒になるより、他に大事な願いがあると言いたいのだろうか。

おいちは震える声で問い返したが、

「いいや、何でもねえ」

颯太は笑ってごまかしてしまった。だが、すぐにその笑いを消すと、おいちの手首をぎゅっとつかんだ。

「なあ、おいち」

おいちの目をじっとのぞき込んだまま、颯太が言う。

――このまま俺と一緒に逃げないか。

そう言われるのかと、おいちは身構えた。だが、

「前に、歌を詠んでほしいって、お前、言ってたよなあ」

のんびりとした颯太の声が告げたのは、まったく別のことであった。

「義兄さんにも習ったんだけど、なかなか作れなくてさあ。だけど、俺――」

颯太はおいちから目をそらすと、じっと夕暮れにかすむ梨の白い花を見上げた。

「お前に歌を贈ってやるなら、この梨の花を詠もうって思ってるんだ。初めてお前を見た時、どうしてか、この梨の花が頭に浮かんだんだよなあ」

「梨の花を……？」

　おいちは呟くように言い、颯太が見ている梨の花に向かって手を差し伸べた。低い枝についた花が、おいちの手にそっと触れた。

「もう日暮れ時だ。帰ろう」

　颯太はおいちに目を戻して言った。

「……うん」

　おいちもうなずくしかなかった。

　まだまだ尋ねたいことは山ほどあるような気がしたが、どこへも行かないと、颯太が誓ってくれたのに、さらに問うことなど他にはないとも思う。

「明日、逢えるよね？」

　元来た道を戻り、互いの家へ戻るための分かれ道まで来た時、おいちはそう尋ねた。それは、昨日からの約束だった。

「……ああ、八つ（午後二時頃）にな」

　一瞬の間があったものの、颯太はしっかりとうなずいた。

「うん。いつもの梨の木でね」

　おいちも言い、少しぎこちなくはあったが微笑んだ。颯太は最後ににっこりと笑顔を向けた。いつものように、白い歯が夕暮れのほのかな光に映えて見えた。

六

その翌日の昼八つ、おいちは少し早めに、村外れの梨の木に向かった。颯太はまだ来ていない。おいちは木陰に入り、ほっと息を吐《つ》いた。

晩春のこの陽気では、少し歩けば汗ばむほどである。小袖の袂から手拭いを取り出して、額にそれを当てた時、ふと顔を仰向けたおいちの目に、白いものが入ってきた。

梨の花ではない。

それは、それほど高くもない枝の先に結び付けられた白い紙であった。結び文のように見える。

（まさか――）

と思いながら、おいちはその紙に手を伸ばしていた。いつしか手拭いを放り出し、両手で文を枝から取り外すと、それを開こうとするのだが、手が震えて思うようにいかない。ようやく開いた紙の上には、しっかりとした太い筆跡が連ねられていた。

思えば、おいちは颯太の字を見たことがない。だが、字はその人の気質までも表すものだ。雄渾《ゆうこん》で男らしいその書きぶりが颯太のものであることが、中身を読む前から、おいちには分かっていた。

「わが願ひ、君が幸ひのみにて候《そうろ》ふ。わがこと、許すまじ。忘れたまへ」

書かれているのは、それだけだった。

――男だって、好いた女と一緒にならなけりゃ、幸せにはなれねえよ。

昨日の颯太の言葉がよみがえる。それに続けて、颯太は何と言っていたか。

――けどさ。男の願いってのはさ。

それが、この文だというのか。

――俺の願いは、お前が幸せになることなんだ。俺と一緒にいても、お前は幸せにはなれねえよ。

だから、俺のことは許さなくていい。忘れてくれ――。

「こんなこと……」

こんな言葉を言ってもらいたかったのではない。

颯太がいなければ、自分には誰もいない。友と呼べる人も、信頼できる人も――。

(あたしの幸せは、颯太と一緒にいることだけなんだって、どうして分かってくれないの！)

こんな文など読まなければよかった。いっそ無かったことにしてしまいたいと思い、おいちは手にした紙をぐしゃぐしゃに握りつぶしてしまいたい衝動に駆られた。

その瞬間、文にはまだ続きがあることに気づいた。

慌てて紙を広げて、続きの文に目を落とす。

最後に、一行書きで――。

「君が手添へし梨の花咲く」

前を見ても、後ろを見ても、他に言葉はない。

――お前に歌を贈ってやるなら、この梨の花を詠もうって思ってるんだ。

和歌は、五七五七七で詠むものだ。

和歌を作ったことのない颯太は、下の句だけどうにかこしらえたものの、上の句をつけることはできなかったらしい。完成されていない歌を残したまま、颯太は去ってしまったというのか。

（そんなことはない。颯太がどこかへ行ってしまうなんて――。あたしを置いてゆくなんてあり得ない）

おいちは颯太の文を握り締めたまま、颯太の家へと駆けた。昨日、颯太の家から梨の木まで、二人で一緒に歩いた道を、今日は反対に駆け戻ってゆく。

（どうか！　どうか、昨日と同じように、颯太の着物が物干し台にかかっていますように――）

昨日と同じに決まっている。洗い物が干してあって、戸を叩けば、「誰だ」と言いながら、颯太が出て来てくれて――。

おいちは必死に祈り続けた。

だが、見慣れた颯太の家までたどり着いた時、おいちの目に入ったのは、何もかかっていない物干し台であった。それでも、足を止めることなく、おいちは体ごとぶつかるように、颯太の家の戸を叩いた。

中からは何の応《こた》えもない。

「颯太！　いないの。あたしよ。おいちよ！」

走り続けてきたため、声がきれぎれにかすれている。擦り切れたような声で叫びながら、おいちは家の戸を思いきり横に引いた。

中は薄暗く閑散として、誰もいなかった。竈《かまど》に火の気はなく、土間には履物が一つもない。煮炊き用の鍋などが少し残っていたが、食器の類《たぐ》いもなくなっていた。

颯太も七重夫婦も出て行ってしまったのだ。この真間村から――。

「どうして、颯太」

どうして、あたしをこの村から一緒に連れ出してくれなかったの――颯太の家から、再び梨の木までの道を一人で戻りながら、おいちはむせび泣いた。

やがて、村はずれまで来た。一本だけぽつんと立っている梨の木が目に入ると、おいちの胸は引き絞られるように痛み出した。

梨の木のある景色にいつもいた颯太は、もういない。

「颯太ー」

おいちは颯太その人であるかのように、梨の木にしがみ付いた。涙が堰《せき》を切ったようにあふれ出してくる。

「俺も本気だって言ったじゃないの。あたしのこと好きだから——あたしと一緒になるつもりだから、そう言ったんじゃなかったの？」

おいちはしがみ付いたまま、木の幹を拳で叩いた。手の皮がすり向けても、痛みは感じなかった。

梢の花と若葉が、幹が叩かれる度、さやさやと寂しげに揺れた。


その後、颯太と七重夫婦の行方はまるで知れなかった。

おいちは病身の母お鶴の看病をしながら、その年の夏を、秋を、冬を過ごした。毎年、必ず颯太と出かけた手児奈祭りに、出かけることなく——。

そして、師走《しわす》の末、おいちの身を案じながら、お鶴は逝った。

母の弔いを終えると、おいちは真間村を出た。颯太を捜し出し、再会を果たすために——。

第二話　子故の闇

一

おいちが颯太との別れについて語り終えるまで、おさめは一言も口を挟まなかった。

だが、母の死に触れたおいちが、そこで口をつぐむと、

「おいちさん、あんた、つらい目に遭ってきたんだねえ」

と、おさめは涙混じりの声で言った。

いつの間にか、手拭いを取り出して、目に当てている。お節介なだけではなくて、涙もろいところもあるようだ。

「あんたが七重さんの名前を出されただけで、ふらふらと見知らぬ男たちについて行きそうになった理由が、ちっとばかり分かったような気がするよ」

おさめは、うんうんとうなずきながら、忙しく手拭いを動かした。

「それで、あんたは病気のおっ母さんを看取《みと》った後、いよいよ在所を出る心を決めたというわけだね」

「はい。母さんは、あたしが颯太と再会できることだけを祈ってくれたので――」

「そうだろうとも。親っていうのは、子供の幸せだけをいつでも祈ってるもんさ」

おさめが鼻をすすりながら言った。

おいちの脳裡《のうり》に、今わの際の母お鶴の姿がよみがえってくる。

——おい……ち。颯太さんと……逢《あ》って——。

お鶴は苦しげな息の下、必死の眼差《まなざ》しでおいちに告げた。

母の手を握り締め、おいちは懸命にうなずいた。

必ず颯太を見つけてみせる。だから、それを見届けてほしい。颯太と一緒になる姿を、母さんにだけは見届けてほしい。

言い募る娘の手を、お鶴の骨ばった手がぎゅっと握り返した。それは、死にゆく病人とも思えぬほどの力強さであった。

——母さんのただ一つの願いも、颯太さんと同じなのよ。おいちの幸せだけが……母さんの、ねがい……。

それが、最期の言葉だった。

(あたしは何としても、颯太を見つけなくちゃいけない。母さんに安心してもらうためにも——)

おいちが内心、固くそう誓った時、

「おいっ。何をしておるか」

露寒軒の大声が廊下から聞こえてきた。

ひゃっと声を上げて、おさめが急いで立ち上がる。

引き戸を開けて廊下に出ると、すぐそこに露寒軒が仁王立ちになっていた。

「ええい、どれだけ呼んでも、お前が来ぬゆえ、わしが客の見送りに出る羽目になったではないか」

露寒軒の叱声《しっせい》が、おさめの頭上に降り注がれた。

「相済みません。おいちさんの身の上話を聞くのに、つい夢中になってしまいまして――」

おさめはその場に座り込むなり、額を床にすりつけて謝罪した。

「お前はこの家の女中であろう。客の出迎え、見送りはお前の仕事ではないか」

露寒軒の声が先ほどよりは小さくなっている。

おさめが平身低頭、謝罪しているため、それ以上、きつく叱ることができなくなったようだ。おさめはそのあたりの呼吸をよく心得ているようで、

「おっしゃる通りでございます。お客さまにこちらの声が聞こえてはいけないと思い、奥の部屋へおいちさんをお連れしたんですが、そのため、露寒軒さまのお声も聞こえなくなってしまい……。申し訳ないことをいたしました」

と、さらに謝罪の言葉を続けた。

「まあ、この娘の世話をしろと言ったのは、わしであったからな」

露寒軒の口ぶりが穏やかなものとなる。

「それでは、おいちとやらいう名であったな。先ほどの話の続きをいたそう。おさめも参るがよい」

露寒軒はおさめへの怒りも忘れた様子で、そう言い出した。顔を起こして、おいちの方を振り返ったおさめが、得意げな笑みを浮かべてみせる。

(おさめさんは大したもんだわ)

露寒軒を上手になだめてしまったおさめに、おいちは素直に感心していた。

「ところで、おいちさんは今夜、泊まるところがあるのかい?」

その時、不意におさめが尋ねた。

「いえ、あたしは江戸へ出て来たばかりですから……」

おいちが答えると、おさめは心得た様子でうなずき、

「露寒軒さま」

と、先ほどの座敷へ向かいかけた露寒軒の背に呼びかけた。

「おいちさんは、今夜の宿が決まっていないそうです。もう日暮れも近いですし、後から来たお客さんを先回しにしちまいましたから、今夜はおいちさんに、ここへ泊まってもらったらどうでしょう。幸い、二階の部屋は一つ空いていますし……」

露寒軒が足を止めて振り返った。

「まあ、好きにさせればよかろう。何やら、事情もありそうだしな」

露寒軒の言葉を聞くなり、おさめがおいちに向かって、これで安心だというように顔を

ほころばせた。

「えっ、でも……」

おいちは吃驚《びっくり》して呟《つぶや》いたが、

「人の親切は素直に受けるもんだよ。茶屋の時の様子じゃ危なっかしくて、このまま外へ放り出せないよ」

と、おさめがもう決まったことのように言う。

おいちはひとまず、おさめに促されるまま、先ほどの部屋へ戻った。

露寒軒は机を前に、先ほどの位置に座っている。おいちも前と同じように、露寒軒と向き合うように座り、おさめはそのおいちの傍らに座を占めた。

「さて、これは先ほど、お前が引いたお札じゃ」

露寒軒は机の上に置かれていた札の紙を取って、話し出した。

「お前がこの歌を引いたのは、たまたまなどではない。お前は自分に所縁《ゆかり》のある歌を引き当てたのじゃ」

「あたし、この歌、知ってました。あたしが住んでた所では、真間手児奈《ままのてこな》の話は有名でしたから――」

「まあ、そうであろうな。この歌は『万葉集』にある高橋虫麻呂《むしまろ》が作った歌じゃ。多くの男に求愛されて困った手児奈は、真間の入り江に身を投げた。だが、その死後も、真間の井の水を汲《く》んだ手児奈のことが、懐かしく思い出されるという意味じゃ」

「あたしの在所には、その井戸があります。手児奈をしのぶお祭りもありました」

「そうかそうか。ならば、お前もその土地の娘として、真間手児奈を慕っているのであろうな。それにしては、気の毒なことじゃが、お前の恋路を邪魔しているのは、他ならぬ真間手児奈の霊なのじゃ」

「えっ！　どうして、あたしが真間手児奈の霊に――？」

おいちは思わず、のけぞりそうになりながら叫んだ。

「思い当たることは何もないのか。何か、手児奈の亡霊を怒らせるような悪さをしたとかいうような……」

露寒軒から言われて、おいちは頭をめぐらした。

だが、真間手児奈に対して悪さをしたような覚えはない。

「おいちさん――」

その時、傍らのおさめが、おいちの袖をそっと引いた。見れば、その顔は少し蒼《あお》ざめている。

「あんた、さっき、手児奈祭りの日に真間の井に行ったと言ってたけれど、その日は水辺には近付かない方がいいんじゃなかったかい？」

「あっ――」

そう言われれば、その通りである。

あの時は、颯太と一緒に、真間の井で歌を読み上げることしか考えられなかった。

俺たちもここにいていいのか——と、念を押す颯太の言葉に耳を傾けず、おいちは、一緒に歌を読み上げれば二人は結ばれるという話を聞かせたのだった。

「どうやら、思い当たることがあるようじゃな」

深刻そうな表情で黙り込んだおいちを見て、露寒軒がそう言った。おいちは返す言葉もなく、うつむくしかできない。

「露寒軒さま」

その時、おさめが体ごと、露寒軒の方に向き直って声を発した。

「おいちさんを颯太さんに逢わせてあげられる方法は、ないのですか」

おさめが真剣な表情で問うと、

「ないわけでもない」

と、露寒軒はたちどころに答えた。

「えっ……」

おいちは思わず顔を上げた。そのおいちに向かって、

「お前は運がよいぞ」

と、露寒軒は続けて言った。

「わしは、霊を祓《はら》うためのお札を、お前に売ってやることができる」

もったいぶった口ぶりで言うと、露寒軒は先ほどおいちが引いたお札を手に取った。

「これは、わしが言霊《ことだま》をこめたお札であり、お前を守護してくださる。これを肌身離さず

持っておれば、真間手児奈の霊はお前に祟《たた》るのをやめるであろう」

「そうしたら、おいちさんは颯太さんに逢えるのですね」

すかさず、おさめが明るい声を上げて言う。

「無論じゃ。今すぐというわけにはいかんが、しかるべき時が来れば、願いも叶う」

「よかった、おいちさん――」

おさめが丸っこい両手で、おいちの右手を握り締め、涙混じりに言う。

「は、はい――」

おいちは何が何やら分からぬまま、うなずいていた。

その時、ふっと、先ほど店の前で見かけた三人の娘たちのことが思い浮かんだ。あの娘たちは、皆、紙を手にしていた。

あの娘たちも、似たようなことを言われ、お札を買わされたのではなかったか。

だが、露寒軒とおさめを疑うことはできない。二人はおいちの危ういところを助けてくれた恩人であり、ましてや、おいちの身の上話を聞き、涙ぐんでくれたおさめの優しさを、疑ってかかるなど――。

おいちは胸に芽生えかけた疑惑を急いで消し去った。だが、念のため、

「そのお札とは、占いの見料とは別に支払うものなのですか」

と、尋ねてみた。

「無論じゃ。五百文になる」

露寒軒は当たり前のような顔つきで言う。

「五百文だなんて――」

おいちは絶句した。もちろん払えない額というわけではない。亡き母がいざという時のために――と、遺してくれた金もある。だが、住む場所も仕事もない今、無駄遣いはできなかった。

「あたし、お金、そんなに無いんです。これから、住む場所と仕事も見つけなければいけませんし……」

見料だけお支払いします――と、続けておいちが言うと、露寒軒はさして残念そうな表情をするでもなく、ただ、そうかとだけ呟いた。

「いけないよ！」

あからさまに反対したのは、おさめであった。

「おいちさん、露寒軒さまのお力を見くびってるんだろう。露寒軒さまの占いとお札の力は、外れることがないんだよ。あんた、もしここで露寒軒さまのお札を買わなけりゃ、一生、颯太さんに逢えなくなっちまうかもしれない。そしたら、悔やんだって悔やみ切れないよ」

「でも、住む場所が決まるまでは、宿代だってかかるし……」

おいちが言うと、

「だったら、決まるまでここにいたらいいじゃないか」

と、すかさずおさめは言い出した。

「露寒軒さま。今夜だけと言わず、住む所と仕事が決まるまで、おいちさんをここへ置いてあげられませんか」

おさめが身を乗り出すようにして言うと、

「まあ、その娘がそれでよいというのなら、かまわん」

露寒軒は先ほどと同じように、あっさり答えた。

「よかったじゃないか、おいちさん。これで、あんたは露寒軒さまのお札を手に入れられるし、住まいと仕事が見つかるまでの宿代も心配しないでいいんだよ」

おさめが、怒った時の露寒軒にも負けぬほどの大きな声を上げて言う。

「あ、あの、でも、ここに泊めていただく宿代は……」

「そんなものは要《い》らん」

露寒軒はぶっきらぼうに言った。

確かに、五百文のお札は高い。もしや、露寒軒とおさめがぐるになって、高いお札を買わせるつもりではなかろうかと、嫌な想像までしかけたおいちであったが、二人の親切心は本物のようである。

となると、五百文とは高すぎるのではなく、相応の対価だと、露寒軒もおさめも思っているということなのだろうか。

「でも、何もせずに、ただ泊めていただくのは……」

「お前は仕事を探していると言ったな」

不意に、露寒軒がおいちに尋ねた。

「は、はい――」

「よし、ならば、ここにある紙と筆を使って、この歌を書いてみよ」

露寒軒は机上の筆を取り上げ、おいちに差し出しながら言った。

「歌を……？」

露寒軒が差し出した手本は、おいちが先ほど引いたお札である。

おいちは言われるまま文机《ふづくえ》に近付き、露寒軒から、筆とお札を受け取った。

露寒軒の文字はほとんど読めなかったが、歌は覚えている。机の上に置かれた半紙に、おいちはさらさらと歌を書き写した。

「わしが書いた漢字を、勝手にひらがなにしておるな」

露寒軒はぶつぶつ言いながらも、おいちの筆跡に目を通した。その目が少し大きく見開かれ、口惜しそうな表情が浮かぶ。しばらくして顔を上げると、

「よし」

と、露寒軒はいきなり大きな声で言った。

「宿代は要らぬが、その代わり、ここでわしの下働きをいたすがよい」

「下働きとは……」

「お前の仕事は、わしが使うお札の歌を筆記することじゃ」

露寒軒がおもむろに言った。

何でも、客に引かせるお札は、そのまま五百文で売りつけるお札になるらしい。そのため、お札は常に書き足さねばならず、その上、日々、入れ替える必要もある。だから、お札書きにはかなりの暇を取られるのだと、露寒軒は説明した。

「でも、大事なお札を、あたしなんかが書いてもいいんですか」

おいちは不安になって尋ねたが、

「よい。たとえお前が書こうとも、わしが言霊をこめるゆえ、何の問題もない」

すかさず露寒軒が押し被せるように答えた。

「露寒軒さまがよいとおっしゃるからには、かまわないんだよ。どちらにしても、住まいと仕事が見つかるまでの間だし、おいちさんにとって、悪い話じゃないだろう?」

傍らから、おさめも言う。

「それはもう――。夢みたいなお話ですけど……」

お札の値が高すぎることを除いては――。

だが、それも、宿代と差し引けば、決して高すぎる値ではなくなる。

「分かりました。お手伝いさせていただきます」

おいちは心を決めると、露寒軒の前に手をついて頭を下げた。

「よろしい」

露寒軒は顎鬚《あごひげ》をしごきながら、大きくうなずき返した。

「それでは、このお札はお前にやろう。五百文はここを出てゆく時に払えばよい」

太っ腹なことを言い、露寒軒はおいちが引いたお札をそのまま渡してくれた。

「これは、厄払いの力もある。お前の逢いたい男の想い出が深くこもっているものと一緒に、常に肌身離さず持っているがよい」

「それならば、最後にもらった文があります」

おいちはお札を持つ手を、そのまま衿元《えりもと》へ持っていった。懐には、颯太が梨の木に結び付けていった文がしっかりと収められている。その上にお札をそっと重ねた時、おいちの胸の奥はじんわりと熱くなった。

二

それから、おいちはおさめによって、二階の一間へと案内された。隣の部屋はおさめが寝起きするのに使っているという。夜具も、昔の使用人だか、露寒軒の門弟だかが使っていたのを使わせてもらえることになった。

「それにしても、おいちさん。あんた、字が上手《うま》いんだねえ」

二階へ行ってから、おさめは感心したように言った。

「露寒軒さまは、実のところ、代筆してくれる人が見つかって、ほっとしてるのさ」

とも、少し声をひそめて言う。

「ほっとして……？」

露寒軒には似合わない態度のように思えて、おいちは首をかしげたが、

「ほら、あの悪筆だろ」

と、おさめは言った。

「でも、ご本人は露寒軒様《よう》とかおっしゃって、得意になっておられましたけど……」

「あれは、そういう振りをしておられるだけ。本当は、ご自分でも悪筆を分かっていらっしゃるんだよ。でも、それを認めたがらないのさ」

ああいう性質《たち》だからね――と付け加えて言い、おさめは笑ってみせる。

「これまで、お札を買って行った人の中に、悪筆を気にする方はいらっしゃらなかったのですか」

おいちは気になって尋ねたが、おさめは首を横に振った。

「まあ、お札なんてものは、読む読まないじゃなくて、ご利益《りやく》があるかどうかだからね。おいちさんはまだ半信半疑みたいだけれど、露寒軒さまのお札の力は絶対だよ」

露寒軒の歌占師《うたうらし》としての力を信じる気持ちは、相当に強いらしい。おさめの口ぶりは揺るぎないものであった。

その後、おさめは夕食の仕度があると言って、階下へ戻っていった。

「あたしにも何か手伝えることがあれば――」

おいちはそう言ったが、

「おいちさんの仕事は、お札書きだろ。それぞれの役目があるんだから、それをすればいい

いんだよ。まあ、お膳を運ぶのは手伝ってもらうからさ。それまでは、ここで少し休んでいるといい」

おさめからはそのように断られてしまった。

一人になってみると、今朝早く真間村を出て来てからの疲れがどっと出てきた。今、江戸にいるということが夢のようにも思われるし、逆に、真間村に暮らしていたことが何十年も昔のことのようにも思われてくる。

（颯太――）

おいちは懐に入れてある颯太からの文を、取り出して開いた。

――わが願ひ、君が幸ひのみにて候ふ。わがこと、許すまじ。忘れたまへ。

もう何度も何度もくり返し見た颯太の筆の跡が、薄暗い部屋の中にぼんやりとかすんで見える。

その文字がさらにかすんで、何と書いてあるのかも見えなくなりかけた時、おいちは急いで文から目を背けた。

（泣いてなんかいない。よく見えないのは、もう日が暮れかけているせいだもの）

自分に言い聞かせるように、胸に唱える。

おいちは文を手にしたまま立ち上がると、外に面した窓辺の障子をそっと開けた。

春になって徐々に日は延びているが、それでももう薄暗くなりかけている。風も昼間よりずっと冷たくなっていた。だが、おいちは障子を閉めず、外の明かりで颯太の文にもう一度目を落とした。

　――君が手添へし梨の花咲く

最後に書き添えられた下の句だけの歌――。

（そういえば、颯太は佐三郎さんに歌を習っていたんだった……）

思いつきのように口にしたおいちの願いを叶えるため、颯太は努力してくれていた。おいちの方は、そのために何もしていなかったというのに――。

外を見やると、露寒軒宅の端に植わっている梨の木が目に入ってきた。

梨の花はまだ咲いてない。いずれ花の季節になり、実がなる季節になったとしても、今年は颯太から梨の実をもらうことができない。

それを思うと、胸が締め付けられるように苦しくなる。

颯太から初めて梨の実をもらったのは、颯太が真間村へやって来た年の初秋――おいちが九歳、颯太が十一歳の時のことであった――。

「これ、お前にやるよ」

そう言って、颯太はおいちに黄金色の少し不格好な梨の実を差し出した。

その颯太の顔や手に、爪でひっかいたような傷と殴られたような痕《あと》があるのを見て、おいちは不安に駆られた。

「お祖父さんの農園のものじゃないよね」

おいちは念のために尋ねた。商い用の実に手を出せば、当然罰せられる。それゆえの傷痕でないことを確かめなければ、素直にもらうことができない。

「違うよ」

颯太は顔をしかめながら答えた。

「これは、村はずれにある梨の木から取ったもんだ」

野生の梨の木になった実は、子供たちが勝手に取ってもよいことになっている。だが、子供たちの中にも、自然に出来上がった掟《おきて》のようなものがあった。

力も強く年齢も上の餓鬼大将が指図をして、その子分たちがもぎ役となる。収穫された梨の実の配分はおのずと決まっていた。余所《よそ》から来た颯太が、その梨の実を勝手にもいだのだ。そんなことをすれば、村の少年たちとの間でいさかいになるのは当たり前だった。

だが、颯太は喧嘩にも負けず、梨の実を一つ、手に入れたのだ。そして、その実をおいちにくれた。

「じゃあ、これ、本当に颯太が勝ち取ったものなのね」

おいちは急に手の中の梨の実が、じわりと熱を持ったように感じられた。

「あたし、本当にもらっていいの？」

「お前にやりたかったんだ」

思わず念を押してしまったおいちに、颯太は照れた様子で、少しぶっきらぼうに言った。

おいちは胸が熱くなった。

もったいなくて、食べてしまうのが惜しくてならなかった。

それから毎年――おいちが十歳、十一歳……十四歳になった年まで、颯太は必ずおいちに、梨の実を贈り続けてくれた。だが、十五歳の去年、梨の実がなる季節にはもう、颯太は村にいなかった。

そして、十六歳の今年――。

薄明かりの中に、花も葉もつけていない梨の木がぼんやりと浮かび上がっている。

（梨の実がなる季節までに、颯太と再会できるなら、あたしはどんなことだってしてみせるけど……）

坂の下から初めてこの木を見つけた時、何とも懐かしい気持ちになったのがまるで嘘《うそ》のように、冬枯れの梨の木はおいちの心を暗い気分にさせた。

もう二度と、梨の木は花も実もつけることはないような気持ちになる。それは、同時に、おいち自身の願いが叶わないことを表しているような心地がする。

どうにも救われない気分に駆られて、梨の木から目をそらすと、手にしていた颯太の文が目に飛び込んできた。

だが、日が落ちてから、残照が光を保っていられる時は短く、もはや文の筆跡を見極めることはできなかった。

「おいちさーん」

その時、階下からおいちを呼ぶおさめの明るい声が聞こえてきた。

我に返ったおいちは、

「はあい、今、行きます」

急いで返事をすると、障子を閉め、颯太からの文をきちんと懐へしまい直した。

一階へ下りてゆくと、下の座敷には行燈《あんどん》の火が点《とも》されていて、とても明るかった。

「食事の用意ができたから、お膳を運ぶのをおいちさんも手伝っておくれよ」

階段下で待ち受けていたおさめに従って、おいちは台所へと向かった。

そこにはすでに、膳が三つ用意されていた。

菜の花のおひたしに、湯豆腐、それに若布《わかめ》の味噌汁《みそしる》と大根の漬物という献立である。

生類憐《あわれ》みの令が厳しさを増してからは、魚は食することが禁じられていたし、蜆《しじみ》なども食卓には上らなくなっていた。

それでも、味噌汁の食欲を誘う匂いが立ち上ってくる。

「おいしそう……」

おいちは思わず声を出していた。

そういえば、朝の食事以来、まともに何も食べていない。江戸へ出てきた緊張感からか、空腹も覚えなかったが、こうしてまともな食事を目の前にすると、急に腹の虫がぐうと鳴いた。

「ま、おいちさんが来てくれて、食事時は助かるよ。何といっても、露寒軒さまと二人きりじゃきつくてねえ」

膳を運ぶ直前、おさめがこっそりと、おいちの耳許《みみもと》にささやいた。

「きつい――？」

何がきついのか、おいちが首をかしげると、

「食べてる時はいいんだけど、食事が終わった後のことがねえ」

と、おさめが言う。

「食事の後……？」

なおも分からぬ顔を向けるおいちに対して、

「ま、いずれ分かるよ」

おさめはそう言うだけで、くわしいことは話さなかった。

それから、二人は膳を運んだ。

歌占で使われていた座敷と、隣の座敷の間にある襖《ふすま》がすでに開け放たれている。奥に露寒軒が、敷居を挟んでおいちとおさめが座り、食事を摂ることになった。

「本当に、お世話になりました。これから、しばらくご厄介になりますが、よろしくお願いいたします」

再び三人がそろった席で、おいちは露寒軒とおさめに改めて礼を述べた。

「ふむ。では、いただこう」

露寒軒が言い、おさめとおいちが「いただきます」と唱和して、食事となった。

料理はどれもおいしい。空腹のせいばかりでなく、おさめの腕がよいのだろう。

露寒軒もいろいろと口うるさそうな感じに見えるのに、料理を口にしている時は、時折、目を細めながら満足げな表情を何度も浮かべている。

食事の間は誰も口を利かず、やがて、三人は静かに食事を終えた。

そして、すべての器が空になった後、

「今日は、おいちが参ったゆえ、例の真間手児奈を詠《よ》んだ虫麻呂の歌について、話して聞かせようかの」

露寒軒がおもむろに語り出した。

「えっ？　あの歌の意味なら、さっき――」

と言いかけたおいちの言葉は、完全に無視された。

「よいか、おいちよ。そもそも、お前の引いた歌はいわゆる反歌というものであり、実は、その反歌の前に、長大な長歌があってな。それは――」

朗々とした口ぶりで、露寒軒は話し続ける。

「それでは、あたしは片付けを――」

おさめはすばやく露寒軒の膳を下げると、おいちと自分の膳をそれに重ねた。

「それじゃ、おいちさん、しっかり承っておくんだよ」

そう言うなり、おさめは三つの膳を上手に重ねて持ち上げ、さっさと下がってゆこうとする。

おいちは露寒軒とおさめを交互に見やりながら、おろおろしてしまった。

「えっ……」

「ええい、落ち着いて話を聞かぬか。愚か者め！」

たちまち、露寒軒の怒号が飛んできた。

「……は、はい」

おいちは慌てて座り直すと、姿勢を正した。

おさめはひょいと肩をすくめてみせると、戸の向こう側へと姿を消した。

三

露寒軒の食後の講義は、半刻（約一時間）ほども続いた。「きつい」というおさめの言葉の意味が、ようやくおいちにも分かった。

だが、確かに体はきついが、話は興味深く、おいちはつい聞き入ってしまった。真間手児奈自身の物語なら、飽きるほど聞いていたおいちも、後の時代の歌人たちが、手児奈の悲話をどう語り継いでいったのかということは知らなかった。

講義が終わった時、足の痺《しび》れを隠さねばならなかったが、こういう講義ならばもっと聞いてみたい。

颯太が去ってからずっと、悲しみや寂しさを覚えるばかりだったおいちにとって、こんな心の慰めを覚えたのは、初めてのことであった。

（そういえば、颯太も佐三郎さんから、こんなふうに歌を教えてもらっていたのかしら）

自分も一緒に歌を習っていればよかった――と、おいちは悔いた。

（颯太がいなくなった今になって、歌が身近になるなんて……）

そう思うと切なくなるが、一方では颯太に近付けたようで、心が温かくなる。

そのせいか、その夜、おいちは安らかに眠りに就くことができた。初めての江戸の夜、見も知らぬ他人の家で泊まったにもかかわらず、寂しさにとらわれることも、不安にさいなまれることもなかった。

翌朝、隣室のおさめが起き出した物音で目覚めた時には、旅の疲れもすっかり取れていた。

すでに外は薄明るくなっている。おいちは急いで起き上がると、身じまいを整え、夜具を片づけた。

それから、手拭いを手に部屋を出ると、すでにおさめは階下のようである。

おいちも一階へ下りると、おさめを捜した。どうやら裏庭の方へ出ているようだ。

「あら、お早うさん」

おいちの姿を見出すと、おさめは気軽に声をかけてきた。

「お早うございます」

おいちは挨拶を返した。

「おいちさんが起きたら教えようと思ってたけど、うちが使う井戸はここだよ」

おさめは傍らの井戸を示して言った。木で覆いがされた井戸の横には、釣瓶《つるべ》のついた水桶《みずおけ》が置かれており、おさめの足下には、すでに水を移した取っ手付きの桶が置かれている。

「顔を洗ったり、口をすすいだりするのは、ここでやっとくれ」

「分かりました」

「朝の食事は、露寒軒さまが起きられてからだよ。ま、年寄りだから朝は早い。大体、明け六つ（午前六時頃）の鐘が聴こえて間もなくだと思っといてくれ」

おさめはそれだけ言うと、桶を手に家の方へ引き返そうとした。

「あっ、あたしもお手伝いします」

おいちが声をかけると、おさめは空いている方の手を大きく振って、

「おいちさんには別の仕事があるだろ。お札書きの仕事、そんなに楽なもんじゃないと思うよ」

と、いつになく厳しい顔つきで言う。

「えっ、でも、おさめさんの仕事に比べたら、あたしの代筆なんて――」

どれだけ多くの分量を書かせられたとしても、女中として常に体を動かして働くおさめより、大変だとは思えない。

「それが、うんと大変だって、言ってるのさ」

おさめは謎のような言葉を言い残し、先に家の中へ入ってしまった。

（一体、何がそんなに大変なんだろう）

おいちは首をかしげながらも、井戸端で顔を洗うと、再び家の中へ戻った。

おさめが朝食の仕度をしている台所の脇を遠慮がちに通り抜けた後、ふと思いついて、おいちは昨日入ってきた表通りの方へ出てみることにした。

梨の木坂を上ってくる人影はない。

すでに空は白んでおり、雲は淡い紫色に棚引《たなび》いている静かな朝であった。空は徐々に明るい色を増し、雲はしだいに曙《あけぼの》の色を失って、白さを取り戻しつつある。

おいちは冬枯れの梨の木をじっと見つめ、その木肌に手を触れさせた。

幹の表面は硬く、温もりも感じられない。だが、そうしてじっとしていると、この木は今、春の芽吹きの時を待っているのだという実感が指先に伝わってきた。

「そんな所で、何をしている」

後ろから急に声をかけられて、おいちは驚いて振り返った。

「露寒軒さまっ――」

そこには、露寒軒がすでに消し墨色の小袖に、それよりも濃い鼠色《ねずみいろ》の羽織をきちんと着た姿で立っていた。

「何をさほどに驚く」

露寒軒はおいちに射抜くような目を向けてくる。

「いえ、急に声をかけられて驚いただけです」

おいちが答えると、露寒軒はふんっと鼻を鳴らした。

「お前も今日からはこの家の働き手じゃぞ。ぼうっとしている暇なぞはない」

決めつけるように、露寒軒は言う。

「働き手って――」

確かに間違ってはいないが、おいちは長くここにいる身ではない。

おいちがあいまいな表情でうなずくと、

「そろそろ、食事であろう。その後は忙しくなるぞ」

露寒軒は言い、家の中へ入って行った。

おいちもその後に続いて歩き出した。戸を入る直前、ふと思い直して振り返ると、もうすっかり明るくなった朝の空を背景に、梨の木が日の光を浴びて輝いていた。

若布の味噌汁に、切干大根、椎茸《しいたけ》の煮物という朝の膳を、三人は昨晩と同じ席で食した。昨日の夕食と同じように、三人の膳はほぼ同じものなのだが、一つだけ違うところがある。露寒軒の膳だけ、少し青みがかった美しい器が余計に載っている。

他は、ふつうの木の器や陶器の、大して高価とも思えぬ器であるのに、それだけはいかにも高そうな硝子製《ガラスせい》であった。

すべての食事が終わってから箸《はし》を置くと、露寒軒はその硝子の器を大事そうに手に取った。

「露寒軒さまのお体の養生のため、作ってるんだよ」

傍らから、おさめがこっそりと教えてくれた。硝子の器の中身は、何やらどろっとした浅緑色をしている。

「何が入っているのですか」

おいちもひそひそ声で、おさめに尋ねた。

「何って、いろいろだよ。京菜や大根、大根の葉、冬瓜《とうがん》を入れることもある」

小さく切ってから摺《す》りおろし、水や湯を加えるのだという。味付けは塩を少々入れるのみ。

果たして美味《おい》しいのだろうか——と思いながら見ていると、露寒軒は硝子の器を口に宛《あて》がい、ぐいっと一気に飲み干した。

その直後、露寒軒の顔が思いきりしかめられた。

（やっぱり、相当不味《まず》いんだわ）

思わず吹き出しそうになったが、おさめがやはりこっそりと、

「不味い方が体にはいいんだってさ」

と、教えてくれた。そういうものなのか——と、妙なところに感心していると、

「食事はもう終わりだ。ええい、さっさと片付けんか」

露寒軒が不機嫌そうに言い放った。

「は、はい」

おさめが片付けに立ってしまうと、露寒軒も立ち上がって、二間続きの部屋を、玄関に

近い方へ移ってきた。おいちがまごまごしていると、

「ぼやぼやしていないで、さっさと襖を閉めて、昨日のように、わしの文机と座布団を用意せんか」

怒鳴り声が飛ぶ。おいちは露寒軒の言葉に従って、片付けられていた文机を持ち出し、露寒軒の座布団の位置を移した。

それが終わると、蔵からもう一つの文机を出して来いという。おさめに訊《き》けば、蔵の鍵を出してもらえると言われ、おいちは急いで台所へ向かった。

おさめはおいちから事情を聞くなり、

「さっそくこき使われているようだね」

と、気の毒そうに言いながら、蔵まで案内してくれた。

裏庭の蔵は一丈半四方ほどの土蔵で、錠を鎖してある。鍵で戸を開けると、中には机や掛軸などもしまい込まれていたが、その大半は書物が占めていた。

おさめに訊くと、これはすべて露寒軒の持ち物だという。その量の多さは、とうてい人一人の持ち物とは思えぬほどであった。

「ほら、文机はあそこだよ。あんまり遅くなると、露寒軒さまに叱られる」

おさめから急《せ》き立てられて、おいちは書物と書物の間を縫うように置かれていた小さな文机を持ち上げた。あまり重くはなくて、おいちでも容易に持ち運べる。

井戸端で雑巾《ぞうきん》を借り、それで文机を拭いてから、おいちは先ほどの部屋へ戻った。

「遅いぞ」

露寒軒は不機嫌そうに文句を言ったが、それ以上くどくは言わず、

「わしの横に、こう直角になるように机を置け」

と、手を動かしながら示した。

おいちは言われた通り、机を置いた。

これで、玄関から入ってきた客は、正面で露寒軒と向き合うことになり、その左手に、横向きで座るおいちを見出すことになる。

「さて、客が来るまでの間、お前の仕事はこれじゃ」

露寒軒はそう言うと、一冊の書をおいちに渡した。

表紙には、『万葉集巻十五相聞《そうもん》』と書かれている。

「相聞って……」

「相聞とは恋の歌じゃ。『万葉集』の頃はそう言った」

「その頃、『恋』という言葉はなかったのですか」

おいちは疑問に思ってさらに尋ねた。

「いや、恋という言葉はあった。孤悲とも書いたようじゃがな」

露寒軒は言うと、いきなり文机の上に置かれていた筆を取り、上に広げられていた白い紙に、「孤悲」と書いて見せた。

「へえ……。これで『こい』と読むのですか」

おいちは初めて見るその文字の連なりに、不思議な気分を呼び起こされた。「孤」という字は知っていた。「孤児《みなしご》」の「孤」である。

（一人で悲しい……）

だから、人は恋をするのか。

それとも、一人が悲しいと自分で悟ること――それが、恋を知るということなのか。

（あたしも……？）

真間村でのこと、颯太と過ごした日々に、つい思いを馳《は》せながら、おいちは手にした冊子をざっとめくった。露寒軒のものとはまるで違う美しい筆跡で、びっしりと文字が並んでいる。これがすべて古《いにしえ》の人が詠《よ》んだ恋の歌だというのか。

「こんなにもたくさん……」

おいちは驚いて呟いた。

「その中から、とりどりの恋の珠玉《しゅぎょく》を、わしが選んで印をつけておいた」

そう言われて確認してみると、確かに和歌の書き出しの上の辺りに、文字を書いた墨よりも薄い墨で、小さな丸印がつけられている。

「お前はその印がつけられた歌を、すべて半紙に書き写すのじゃ」

改めてその印を確認すると、かなりの数がある。

「歌占で使うものじゃ。恋を占いに来る乙女子は数が多いからの」

露寒軒は心なしか嬉《うれ》しそうな顔をしてみせた。

それから、おいちは露寒軒の指図に従って、紙と筆、墨を用意し、ひたすら歌を写し始めた。

「『万葉集』の頃は、仮名文字がなかったからの。すべて音を当てはめた漢字で記していたのじゃ」

露寒軒が時折、説明を加えてくる。

「されど、お前にそれを読めというても出来まいからの。それは、今の者が読めるように、仮名文字に直したものじゃ」

確かに、おいちが写している歌はほとんどが平仮名で、時折、漢字が交じっているというもの。その漢字も誰もが知っているようなものばかりであった。

露寒軒がそうやって語ってくれる蘊蓄《うんちく》は、興味深い。だが、聞き惚《ほ》れてばかりいると、たちまち露寒軒の叱声が飛んでくる。

「ええい、ぼうっと聞いとらんで、手を動かさんか」

そんなやり取りをくり返しながら、おいちの仕事の初日は過ぎていった。

昼前までに客は来なかったが、三人が交替で軽い昼食を摂った後、客はちらほらやって来た。

昨日までおさめがしていた客の出迎えなどは、すべておいちが一人ですることになった。

露寒軒の言葉の通り、若い娘の客が一人、二人と続いた後、四十代ほどの顔色の悪い男がやって来た。どうも不治の病を患っているように思うが、自分はあと何年生きられるか観てほしいという。

「医者には診《み》てもらったのかね」

露寒軒はまずそう尋ねた。

「いいや、怖くて医者には行けねえんだよ、先生――」

男は体のどこかが痛むのか、蒼白い顔を歪《ゆが》めながら言う。

「ふう……む」

露寒軒は唸《うな》るような声を出しながら、占いに使う木筒の札を選び始めた。手伝いをするようになって知ったが、露寒軒は占いに使う木筒をいくつも用意している。

客の要望を聞いてから、それに見合った木筒を渡すようにしているのだった。

やがて、露寒軒は一つの筒を選び、それを客の男に渡した。客は露寒軒に言われるまま、筒の中に手を入れ、一枚のお札を引いた。


唐衣《からころも》裾に取りつき泣く子らを　置きてそ来《き》ぬや母《おも》なしにして

自分が書いたお札だったためか、露寒軒は男には見せず、自分で歌を読み上げた。

「それは、どんな意味ですかね、先生」

男はまるで意味が分からないらしく、露寒軒を不安げに見つめている。

「これは古い歌集の歌で、子を思う気持ちを詠んでいるのだが……。もしやお前さんはおかみさんと死に別れたのではないかね」

「ええっ、どうして、先生はそんなことが分かるんですかい？」

昨日のおいちと同様、男は目を瞠《みは》って言い、腰を上げかけている。

「それは、お前が引いたこの歌に、そう書いてあるからじゃよ」

露寒軒は教え諭すように言った。

「この歌は、母のない子を置いて、防人《さきもり》に出かけねばならなかった男の悲しみを詠んだものじゃ。しかし、わしのお札を手に入れれば、お前さんは心配要らぬ。このお札を持って安心して、医者の許へ行きなさい」

「えっ、お札を買っても、医者へ行かなければなりませんかね」

驚愕《きょうがく》と尊敬に染まっていた男の顔が、再び不安で歪んでしまう。

「よい齢《とし》をして、医者を怖がってばかりでどうするのじゃ！」

それまで穏やかだった露寒軒の物言いが、急に怒号へと変わる。

ひえっと、男は脅えたような声を出した。

「ちょっとお待ちください」

おいちはその時、初めてお客の前で言葉を発した。

「お客さまがお医者にかかるのを怖いと言ってらしたのは、不治の病だったら……お子さんにどう告げたらいいか分からない――そう思ったからではありませんか」

「えっ……」

男がおいちに向かって、きょとんとした眼差しを向ける。

「お客さまは……お医者にかかるのが怖いわけじゃないと、あたしは思います」

男はおいちのまっすぐな眼差しを受け、自分の内心を探るような表情を浮かべた。それから、ややあって、

「そ、そう……かな。いや、そうかもしれねえ」

と、何度もうなずきながら言い出した。

「なるほど、ならば、いっそう安心してよい。不治の病とは言われぬはずだから、医者へは行くのじゃ。小さな病でも放っておけば、不治の病になることがある」

「へ、へえ――」

露寒軒に諭された男は、今度は素直に頭を垂れた。その男に向かって、

「医者へ行きなさいという、露寒軒さまのお言葉も占いの結果なのです。決しておろそかにしないでください」

おいちは昨日のおさめの言葉を思い出しながら、しっかりと言い添えた。

「へえ、先生とお弟子さんのおっしゃる通りにいたします」

男は最後にはそう言い、五百文のお札料と十文の見料を支払って、ひどく明るい表情で帰っていった。

おいちはつい、自分は弟子などではないということを言いそびれてしまった。

「お前、よくぞあの男の本心を見抜いたな」

男を見送ったおいちが座敷へ戻って来ると、露寒軒がそれまでになく感心した様子を見せて言った。

「あたしはただ、あの方があのように言われたがっているると思っただけです」

「ほう──」

露寒軒はおもむろに顎鬚をしごいた。それから、

「意外な才があるか……」

と、ぶつぶつ呟いた。

「露寒軒さまの許へ来る方々は、皆、いろいろな悩みを抱えておられるのですね」

おいちは元の席に戻って、露寒軒に告げるでもなく独り言のように呟いた。

「占い師を訪ねて来るのは、多かれ少なかれ悩みを持つ者たちじゃ。お前とて、そうだったではないか」

「……はい」

「まあ、お前だけではない。おさめとて、似たり寄ったりじゃな」

露寒軒の何気ない呟きに、おいちは顔色を変えた。

「えっ、おさめさんにも悩みがあるのですか」

「愚か者め。おさめのことを、何の悩みも持たぬ気楽な女子《おなご》だと思っていたのか」

「お気楽と見ていたわけではありませんが……。おさめさんは明るいし、それに、親身になってあたしのことを心配してくれましたから──」

「他人の心配をしている者が、安泰とは限るまい。むしろ、己の人生が荒波にもまれる小舟のごとく危ういからこそ、お節介に身を費やすという者もおる」

「それが、おさめさん……？」

だが、露寒軒はもう何とも言わなかった。

（露寒軒さまはおさめさんをよく見ておられるんだ。もしかして、おさめさんが露寒軒さまを深く信頼しているのも、それが分かっているせい……？）

おさめさん本人に訊いてみよう――この時、おいちは心を決めた。

四

それから、数日が過ぎた。

おさめと二人きりでゆっくり話せる機会を探していたものの、昼間は代筆の仕事があり、夕食後は露寒軒の講義がありという具合で、おいちにもなかなか暇がない。また、おさめの方も、おいちが加わって三人分の食事を調《ととの》えねばならなくなり、忙しいようであった。

ようやく、寝る前の暇を見つけて、おいちがおさめの部屋を訪ねることができたのが、おいちが露寒軒宅へ来て七日目の夜のことであった。

「何の用だい？」

夜具の仕度をしていたおさめは、その手を止めて尋ねると、欠伸《あくび》を一つした。

「おさめさん」

おいちはおさめの前に正座すると、改まった態度で、まず頭を下げた。

「一体、どうしたっていうのさ」

おさめは眠そうな目を、ぱっちりと開いて尋ねた。

「あたし、おさめさんに話を聞いてもらって、ずいぶん気持ちが軽くなったんです。それまでは、誰かに話を聞いてもらいたいなんて思ってもいなかったのに……」

「そりゃあよかった。話を聞いてもらうだけでも、気が楽になるってことはあるからね」

おさめは情味のこもった口ぶりになって言った。

「あたし……、おさめさんもそうじゃないかと思うんです」

おいちは膝を乗り出すようにして言った。

「あたしはこれまで、母さんと颯太の他には、話を聞いてくれる人がいなかったから、余計に嬉しかった。もし、おさめさんもあたしと同じなら、今度はおさめさんのお話をあたしに聞かせてくれませんか」

「何だって！　どうして、またそんなことを急に言い出すんだい？」

おさめの表情が少し強張っている。

「露寒軒さまがおっしゃってたんです。この家へやって来るのは、悩みを抱えた人たちだって――。歌占のお客さんたちのことです。あたしもそうでした。それに、おさめさんも同じだって――」

おいちは包み隠さずに打ち明けた。だが、露寒軒からくわしいことは何も聞いていないとも、付け加えておいた。

「そうかい。露寒軒さまが……ねえ」

おさめの眼差しはいつしか、おいちの顔から離れていた。あらぬ所を見つめながら、おさめはしみじみとした声で言う。

「あたしも、この家へ初めてやって来た時は、歌占のお客としてだったんだよ」

「えっ、おさめさんもですか」

おいちが驚いて訊き返すと、おさめが目をおいちに戻して、静かにうなずいた。

「ほんの一年前のことだよ。あたしには、別れた亭主との間に、一人息子がいてねえ。齢《とし》の頃はちょうど、おいちさんと同じくらいなのさ」

「あたしと……？」

おさめが親身になっておいちの心配をしてくれたのは、生き別れの子供のことが、念頭にあったからなのか。おいちはふと、そんなふうに思った。

「あたしは昔、浅草の干物問屋の近江屋《おうみや》に嫁いでいてね。そこで、仙太郎《せんたろう》っていう息子を産んだんだ。でも、亭主の若旦那とは、仙太郎が生まれた頃から折り合いが悪くなっちまった。まあ、そこの事情は端折《はしょ》るけど、結局、あたしは離縁されたのさ。ただ、仙太郎は近江屋の跡取りにするって約束で、置いていくことになった。これから先、亭主が再婚して息子が生まれても、跡は仙太郎に取らせるからって、舅《しゅうと》と姑《しゅうとめ》が固く約束したんでね」

「それじゃあ、おさめさんは息子さんと離ればなれに――」

「そうだよ。ずいぶん悩んだんだけれどね。でも、仙太郎もあたしに育てられるより、近江屋の跡取りとして育てられた方がいいんだって、自分に言い聞かせた」

おさめはおいちから顔を背けて語った。その目は窓辺の閉じられた障子へと向けられていた。

「おさめさんは……近江屋を出た後、仙太郎さんには会ってないんですか」

おいちは思い切って尋ねてみた。

「いいや。姑が何回か、外でこっそり会わせてくれた。離縁のもととなったのが、亭主の度を超えた女遊びだったってこともあって、気が咎《とが》めたのかもしれない。だけど、母親とは名乗らないでくれと言われた。親戚のおばさんとでも言っておくれって。あたしは承知したよ。もちろん、どんな形でも我が子に会いたかったってのもある。けど、心のどこかでは期待もしていたのさ。母親と子供の絆は、そうたやすく切れるもんじゃない。別れた時、仙太郎は三歳だったけど、たった二年で母親を忘れるはずはないってね」

ひと息にしゃべったおさめは、そこで一回、語り疲れたように息を吐いた。

「それで、おさめさんは仙太郎さんに会ったのですね」

おいちは沈黙を埋めるように尋ねた。語られる話は決して愉快なものではないと予感しながら――。

「ああ、仙太郎は五歳になっていた。だけどね――」

障子の方を向いているおさめの横顔が、その時、かすかに震えていることに、おいちは気づいた。

「忘れちまってたのさ、あの子は――」

おさめの声が泣き笑いのように震える。おいちはかけるべき言葉もなく黙っていた。

「それでも、その時は嬉しかった。親戚のおばさんだと名乗って、一緒に話をしたり菓子を食べたりしたんだ」

「その後もずっと――?」

「ああ、何度か、会ったよ。親戚のおばさんとしてね」

おさめの声はもう震えてはいなかった。だが、その暗く沈み込んだ調子だけは、隠しようもない。

「だけどね。そうして二年も経《た》った頃、あたしの方から姑に言ったんだ。もう仙太郎に会わせてもらえなくてかまわないってね」

「どうして――?」

「会えば会うほど、つらくなるばかりだからさ。どうしても、口走ってしまいそうになる。お前、おっ母さんのこと、覚えてないのかい? 抱いてやっただろう? お乳をあげただろう? お歌も歌ってあげたじゃないかってさ」

「それで、おさめさんは気持ちをこらえて、会うのをやめたんですね」

「ああ。だけど、その後もやっぱり気になってたから、近江屋の近くまで行って、仙太郎を陰ながら見ることはあった。人の噂の端に近江屋のことがのぼれば、つい根掘り葉掘り訊き返したりしてね。だから、仙太郎に新しいおっ母さんができたことも知った。新しい若奥さんはあたしと違って、おとなしい人柄みたいだし、仙太郎のことも可愛がってくれてるってことだった。だけど……」

おさめは再び言いよどむように口をつぐんだ。

「一年前、仙太郎が疱瘡《ほうそう》にかかったと聞きかじってね。大きくなってからの疱瘡は怖いっていう。看病しに駆けつけてやりたいけど、あたしにはそれも許されない。そんで、目につく限りの神社仏閣にお参りして、仙太郎の快復を祈願したのさ。その時、たまたま、この坂の上の本妙寺《ほんみようじ》さんへお参りして、帰りがけに……」

「露寒軒さまの歌占を聞きに、この家を訪ねたんですね」

「ああ……」

おさめは疲れたような顔に、それでも笑みを浮かべて、おいちを見た。

「仙太郎の病が治りますかって、露寒軒さまに占ってもらったんだ。大事には至らないってことだった。ただ、お札は何とかして仙太郎の枕元に届けなさいってね。あたしは近江屋まで行って、姑に頼んだ。姑は聞き届けてくれたよ。お札を仙太郎の枕元に置いてくれたはずだ。だって、それからしばらくすると、仙太郎の病はすっかり治ったんだからね」

その時、それまで弱々しかったおさめの目に、きらきらと明るい光がよみがえった。

（おさめさんは、露寒軒さまの歌占のお力を、本当に心の底から信じているんだ）

おいちには、そのことがよく分かった。

「その時のご縁があって、それからお礼に伺った時にね。一緒に暮らしていた門弟さんが、家を出て行ったたって話を聞いたんだ。不便だから、新たに女中を雇うつもりだともね。あたしもその時、仕事にあぶれていたし、何より露寒軒さまのお役に立ちたかったからさ。その場で、女中にしてくださいって、お願いしたんだ」

そう言って口をつぐんだ時のおさめの表情は、平常のものに戻っていたし、心なしか、晴れやかになったようにも見える。

「おいちさん、あたしなんかの話を聞いてくれて、ありがとうね。あんたの言う通り、やっぱり、誰かに話をすると、気が楽になるっていうのは本当だよ。自分では気づかなかったけど、こう、胸のあたりにさ、つっかえてるみたいな何かがすうっと下がっていったような心地がするよ」

おさめは本音を長々としゃべってしまったことを、照れくさいと感じるのか、わざと明るい声を出して言う。

（おさめさんの心は、少しも楽になんかなってない）

おいちはそう感じた。わざとのような明るい声は、泣き声よりも悲しく聞こえる。

「おさめさん、仙太郎さんにまた会いたいって思ってるんでしょう？　このままでよいのですか」

「さっきも言っただろう。会えば会うだけつらくなっちまうんだ。母親って名乗れないのもつらいけど、それじゃあ名乗ればいいかっていうと、名乗るほどの勇ましさも、あたしには無いんだよ。どう言い訳したって、息子を捨てた母親に違いないんだしね。それくらいなら、会わずに余所から見ている方があたしにはいいんだ」

あきらめたような口ぶりで、おさめは言う。

だが、おいちはあきらめきれなかった。

何かよい方法がないだろうか。顔を合わせるのがつらいというなら、会わなくてもいい、だが、それでも離ればなれの母と息子が心を通い合わせられる何か――。おさめの心の闇を、仙太郎という光で照らし出す何かが、あるのではないか。

「さあ、あんただって、明日も仕事があるんだから……」

おさめが思い出したように、やりかけだった夜具の仕度に戻ろうとした時、

「おさめさんっ！」

おいちが突然、大きな声を上げた。

おさめは動かしかけていた手を止めて、吃驚《びっくり》した顔をする。

「何だい。もう寝ようっていう時に、そんな大きな声を出して――」

「あたし、よいことを思いついたんです」

おいちは昂奮《こうふん》の冷めやらぬ口ぶりで言った。

「おさめさんは仙太郎さんと顔を合わせないでも、仙太郎さんと言葉を交わすことができます。母親と名乗れないつらさは変わりませんが、顔を合わせないから、いろいろ口走りたくなるつらさは味わわずに済ませられます」

「そんな方法があるのかい？」

おさめは首をかしげた。

「文を書くんです。親戚のおばさんとして顔を合わせたって、おっしゃいましたね。仙太郎さんも五、六歳になっていたなら、おばさんのことは覚えているはず。優しくしてくれたおばさんから文が届けば、返事を書いてくれるでしょう。仙太郎さんがどんなふうに暮らしているか、おさめさんは文を読んで知ることができます。それは、陰からこっそり仙太郎さんの姿をうかがったり、噂を聞いてもどかしい思いをしたりするよりずっと、おさめさんの心を慰めてくれるのではないでしょうか」

おいちが言い募るのを聞くうちに、おさめの表情が変わっていった。思ってもみなかった話への驚愕と躊躇《ちゅうちょ》、だが、そこには困惑の色もある。

「……あたし、字は多少は読めるけどさ。文を書くなんて、まともにできゃしないんだよ」

おさめは恥ずかしそうに首を横に振った。

「なら、露寒軒さまに書いていただいたらどうですか」

露寒軒の知識の豊富さは、すでにおいちもよく知っている。おさめの息子への代筆などという仕事は、露寒軒のような教養人には役不足でもあろうが、否とは言わないのではないか。

おさめにも、おいちにも、辺りかまわず叱りつける露寒軒だが、

——己の人生が荒波にもまれる小舟のごとく危ういからこそ、お節介に身を費やすという者もおる。

おさめのことをそう評していた声の響きには、情の深さが感じられた。

「そりゃあ、露寒軒さまが書いてくださったら、あたしなんかにゃ、もったいない文になるだろうけど……」

そこまで言いかけたおさめは、はっとした様子で口をつぐんだ。

「やっぱりだめだよ」

おさめはきっぱりとした口ぶりで言い放った。

「何がだめなんですか」

「だって、露寒軒さまの字は、あの通りじゃないか」

「ああ……」

あの悪筆では、確かに、文をもらった仙太郎の方が読めないかもしれない。

その瞬間、おいちの脳裡《のうり》に、ぱっと明るい光がひらめいた。

「それなら、あたしが代わりに書きます」

おいちは弾むような声で言った。おさめが、「えっ」と小さく呟きながら、顔をおいちに向ける。

「あたしも、文を書く作法はよく分かりませんから、そこは露寒軒さまにお教えを乞うとして、字はあたしが書きます。それなら、かまわないでしょう？」

「露寒軒さまに書き方を教えてもらって、おいちさんが書いてくれる——？」

おさめが自問するように呟いた。

「そうです。だから、仙太郎さんに言いたいこと、考えておいてくださいね。明日、露寒軒さまに相談しましょう」

おいちはそれだけ言うと、「おやすみなさい」と挨拶して、おさめの部屋を出て行った。

自分の部屋へ戻り、暗くしておいた行燈の火を明るく点し直す。

部屋の中が明るくなり、おいち自身の影が壁に大きく映し出された。

（おさめさんの心も、こんなふうに明るくなってくれれば——）

おいちの話を親身になって聞き、涙ぐんでくれたおさめの優しさを思い、おいちは我知らず両手を合わせ、祈らずにはいられなかった。

五

「長らく会はざるゆえ、御見舞ひ申し上げたく、一筆取りまゐらせ候。ご機嫌よく過ごしあそばし候かな。遠遠しくなり候へども、たまさかに御便りくだされたく、願ひまゐらせ候。この方《ほう》、ただ今、本郷《ほんごう》丸山《まるやま》徳栄山《とくえいざん》本妙寺《ほんみょうじ》下、梨の木坂の戸田様方にて住み込み奉公いたし候。くれぐれ待ち入れぞんじまゐらせ候。めでたくかしく」

——長い間、お会いしていなかったので、お見舞いを差し上げるべく筆を取りました。

ご機嫌よくお過ごしでしょうか。疎遠になってしまいましたが、たまにはお便りをください。私は今、本郷丸山の本妙寺下、梨の木坂の戸田露寒軒さまのお宅に住み込みで女中奉公をしています。お便り、くれぐれもお待ちしております。

「まあ、こんなもんでよかろう」

露寒軒がさらさらと書き上げたのを見せられた時は、おいちもおさめもすぐには言うべき言葉が浮かばなかった。が、事情を察した露寒軒が、それを読み上げるに至って、二人の表情が見る見るうちに明るくなった。

「何とも見事な文面ですねえ」

おさめはうっとりした表情で言い、

「本当に、女の人が書いたみたいです。どうして、露寒軒さまがこんなに女用の文に通じておられるのですか」

おいちは目を瞠って言った。

露寒軒は胸をそらし、得意げな表情を隠すこともない。

「もしかして、露寒軒さま。お若い頃、女の人からいっぱい御文を頂戴していたとか——？」

「愚か者め。どうして、そうありきたりの考えしか浮かばんのか。わしは謹厳たる武士として生きてまいった。艶書《えんしょ》をやすやすと受け取って浮かれているような近頃の男どもとは違う」

「別に、艶書だなんて、誰も言ってませんけど……」

おいちの呟きは完全に無視された。

「わしが見たのは、これらの書物じゃ」

露寒軒がおいちに示してみせたのは、『女文章鑑』『女書翰初学抄』『女実語教・女童子教』と表書きされている書物であった。

「居初《いそめ》つなという女人の書いたものじゃ」

「女の人でも、書物を書いたりするのですか」

おいちは『女文章鑑』を手に取って、めくりながら、驚いて尋ねた。

「女は書物など書かぬものだというお前の考えは、一体、どこから出ておるのか。遠い昔から、紫式部といい清少納言といい、文章を書く女は大勢おる」

「あっ、そういえば……」

そのくらいのことは、おいちも手習いの塾に通っていた時、教えられた。

「でも、今の世に、そのような女の人がいるとは知りませんでした」

「ふむ。これは、女の童《わらべ》向けに、文章や教訓を教える書物じゃが、まだよく広まってはいない。この本などは、まだ去年出たばかりのもので、わしは大坂の知人に頼んで、ようやく手に入れた」

露寒軒は『女実語教・女童子教』と書かれた書物を手に取って言った。

居初つなという女の作者は近江国の人で、版元も上方であるという。昨年の元禄八年に出たばかりの書物を、江戸にいながらにして手に入れるのは、たやすいことではないのだろう。

露寒軒の熱意に打たれながら、

「そこまでなさるなんて、露寒軒さまは寺子屋でも始めるおつもりなんですか」

と、おいちは頭に浮かんだことを、そのまま尋ねた。

すると、たちまち「愚か者め」という怒声が飛ぶ。

「知識や知恵というものは、必要に迫られた時に手に入れれば事足りるというものではない。よいか。わしは女でもなければ、女の童に文章や教訓を教えるつもりも今はない。ただし、この書物はただ読み物として優れている。ゆえに、わしは読もうと決めたのじゃ」

露寒軒の言うことは少し難しい。

だが、おいちの脳裡に、蔵の中に納められてある多くの書物のことが浮かんだ。必要があるから読むのではなく、興味関心の赴くままに読んだものが、後で役に立つ。そのことは実感として分かった。

（露寒軒さまは、あたしが考えているより、ずっとすごい方なんじゃ……？）

歌占師としての力については、おさめほどの信心を寄せているわけではないが、そんなことをおいちはふと思った。

ただ、大声で怒鳴りつけられるのと、すぐに愚か者呼ばわりされるのだけは気に入らない。ついでに、このひどい悪筆だけは——。

「それでは、あたしがこの御文を書き直させていただきますね？」

おいちが気を取り直して話を進めると、

「うっ……」

露寒軒が喉につまったような声を発した。

「おさめさんが出すお便りですし、女筆の方がよいでしょうから……」

おいちは言い、自分が使っている文机の前へ座り直すと、墨をすり始めた。

「紙については、どういたしましょう」

おいちがいつも使っている紙は、露寒軒が歌占で使うお札用のものである。いわゆる上質な杉原紙《すぎはらがみ》の半紙であるが、おさめの文に使うのはわたくし事になるため、おいちは露寒軒に尋ねた。

「いつもの紙でよかろう」

露寒軒はぶっきらぼうに言う。

「それでは、あのう、もう一度、文を読んでいただけますでしょうか」

おいちは遠慮がちに、露寒軒に頼んだ。

一度聞いただけでは覚えられなかった。だが、露寒軒の文字はところどころしか読み取ることができない。

「ええい。耳の穴をかっぽじって、よく聞くがいい」

露寒軒はやけを起こしたような顔つきで、自ら代筆した文を大声で読み始めた。

差出人に「おば、さめ」と記し、宛先を「仙太郎殿」としたその文は、おさめが昔から知るという近江屋に出入りする知人に頼んで届けられることになった。

「これで、返事が来なかったとしても、あたしは平気だから――」

初めから、何もなかったのと同じさ――さばさばした声で言い、今までと変わらずきびきび働いているおさめを見ると、おいちは何とも切なくなる。

（どうか、仙太郎さん。おさめさんに返事を書いてあげて――）

祈るような気持ちに駆られることもあった。

そういう時、おいちの手はいつも胸元へゆく。そこには、颯太が最後に残してくれた文が露寒軒のお札と一緒に収められている。

思えば、文とは偉大なものだという、それまで考えたこともない気持ちが浮かんだ。

もし、颯太があの文を残さずに姿を消していたら、自分はどうなっていただろうか。

どんなにか絶望し、立ち直れないほどの心の痛手を負ったのではないか。

あの文があるだけで、おいちは希望を持つことができる。いつか必ず再会を果たすのだという志を抱くこともできる。

それがあるからこそ、颯太以外のことに心を向け、生きていくこともできるのだ。

こうして、歌占師露寒軒の代筆をし、おさめの悩みに心を傾けることができたのも、颯太の文がこうして懐に確かにあって、生きる力を与えてくれるからだ。

そんなことを考えると、胸が熱くなってくる。

(もしかして、これは露寒軒さまがくださったお札のせい――?)

ふと、そんな気持ちも芽生えてきた。

そして、仙太郎宛ての文を仲介の人に託してから、十日が過ぎた日のこと――。暦はすでに一月の下旬を迎えていた。

「ごめんください」

若々しいというより、どこか幼さを残した男の声が、露寒軒宅の玄関から聞こえてきた。

いつものように、歌占の客であろうと、おいちが迎えに出る。

背は高いが、ひょろりと痩せて、顔立ちも子供っぽい少年は、家の中を見回しながら、少し心許《こころもと》ない表情を浮かべていた。初めての客だろうと、おいちは考え、

「先生の許へご案内いたします。どうぞお上がりください」

と、少年に告げた。すると、少年は、

「ここは、梨の木坂の戸田さまのお宅で、間違っていないでしょうか」

と、おいちに尋ねてくる。

「はい。そうですが……」

歌占のことには触れず、戸田という名を出したのが、ふつうのお客と違っていた。

(……まさか!)

おいちの表情が変わったのとほぼ同時に、少年は、

「私は、浅草近江屋の仙太郎と申す者です」

と、丁寧に言って頭を下げた。

「それじゃあ、おさめさんの――」

「はい。……おばから便りをもらい、訪ねて来ました」

という仙太郎の言葉が終わるか終わらぬうちに、おいちは少し待っているように言い置くなり、廊下を小走りに走り出していた。

「おさめさんっ！」

おさめは台所にいるはずだ。一瞬でも早く伝えてやりたい。

文の返事をもらうだけでも、おさめには大きな慰めだったろうに、仙太郎自身が訪ねて来てくれた。会えばつらいだけと言っていたおさめも、仙太郎がわざわざ足を運んでくれた今、会わぬとは言うまい。

「おさめさん、大変です。仙太郎さんが……仙太郎さんがいらしたんです！」

おいちは台所に駆け込むなり、大声で叫んでいた。

「何だって……？」

襷掛《たすきが》けをし、まな板の前に座って葱《ねぎ》を手にしていたおさめは、そのままの格好で振り返った。表情は強張り、それ以上の言葉は出てこない。

「何をしてるんですか。仙太郎さんが来たんですよ。すぐに行ってください」

「仙太郎が来たって、どこに――？」

おさめは茫然《ぼうぜん》とした様子で、おいちに尋ねる。

「どこって、ここに来たんですよ。おさめさんに会いに、ここまで来てくれたんじゃないありませんか」

おいちは言うなり、おさめの空いている方の手を取った。その直後、おさめは葱を放り出し、おいちの手も振り払って駆け出していた。

おいちは慌ててその後を追う。だが、玄関に人影はなかった。

「えっ……」

おいちが驚きの声を上げ、おさめが何かをこらえるように顔を歪める。

すると、玄関に近い部屋の戸が開いて、そこから露寒軒がにょきっと顔を出した。

「この粗忽者《そこつもの》め。客人を部屋に上げずに何をしておるのか。おさめもさっさと身なりを整え、客人の前へ行くがいい」

露寒軒に言われて、おさめは慌てて襷をほどき、手拭いで顔と手を拭いた。それから、深呼吸をして、部屋の戸を入っていった。露寒軒が戸をそのままにしておいてくれたので、おいちもその後から続けて入る。

「お前、仙太郎……かい？」

おさめが仙太郎から離れた場所に膝をついて座りながら、おずおずと尋ねた。

「はい」

仙太郎は爽やかな声で答え、畳の上に手をついた。

「お便りを頂戴して来ました。返事をってことでしたけど、その……おばさんの顔を直《じか》に見て話がしたくて――」

おさめは仙太郎の挨拶を、ただただ目を丸くして、瞬《まばた》き一つせずに聞き入っている。

仙太郎が顔を上げた。その目がまっすぐおさめの眼差しを受け止める。

「俺、分かってるんです。その……」

仙太郎の声がそこで途切れた。

「な、何……を分かってるって、言うんですか」

おさめの声が低くかすれた。

「昔、おばさんとして会ってくれた時は、気づきませんでした。でも、今は分かっちまったんです」

仙太郎は言い、そこで息を止めた。おさめも我知らず息を止めていた。

「――おっ母さん、なんでしょう？」

仙太郎の口から、その言葉がひと息に漏れた。

おさめは凍りついたように固まっている。

「おっ母さん――」

仙太郎がもう一度、声に出して言った。

「ううっ――」

おさめの口から呻《うめ》くような声が漏れた。

「その……さっきまで、葱を刻んでたせいで……」

おさめは手拭いを顔に押し当てながら、くぐもった声で言う。

「おさめさん――」

おいちは後ろからおさめに寄って、その背を静かに撫《な》でた。

「ふん、葱を刻んでから、間を置いて涙が出るなんぞ聞いたこともない。もっとましな言い訳を考えんか」

露寒軒が戸口のところに突っ立ったまま、聞こえよがしに言う。

おいちは露寒軒をきっと睨《にら》みつけた。幸い、おさめは感極まって、露寒軒の嫌味を聞いていなかったようだ。

「露寒軒さま。お二人だけでお話ができるようにさせてあげられませんか」

おいちはおさめが落ち着いてくると、露寒軒に頼んだ。どこか別室で二人がゆっくり話せるように――というつもりで言ったのだが、

「ならば、ここでゆっくりするがよかろう」

と、露寒軒は言い、自ら廊下に出て行ってしまう。

「露寒軒さま」

おいちは慌てて露寒軒を追った。

「歌占はどうなさるのですか」

「歌占の貼り紙の横に、休みの札をかけておけ」

露寒軒は無造作に言った。

「よいのですか」

「おさめにとって大事なひと時じゃ。客が出たり入ったりしていては落ち着くまい」

それから、露寒軒は蔵の書物を見に行くので邪魔はするなと、おいちに言い残した。

「あのおさめの息子じゃが……」

蔵へ向かって歩きかけた露寒軒が、ふと思い出したように呟いた。

「やはり、お前の文のお蔭《かげ》で、気づいたのであろうな」

おさめが実の母親だと――。その言葉は露寒軒の口からは出てこなかった。

「何ゆえ、ああしようと思うたのじゃ」

露寒軒は声を低くして尋ねた。

「おさめさんが……本心ではそう望んでいると思ったからです。そして、たぶん仙太郎さんも――」

同じように、声を低く――というより、ほとんどささやき声で、おいちは答えた。

「ふうむ……」

露寒軒は考え込むように言い、それ以上は何も言わず、蔵の方へ向けて歩き出した。おいちは玄関へ向かい、休みの札をかけに行く。

我知らず、弾むような足取りになっていた。

六

仙太郎はその日、半刻（約一時間）ほど、露寒軒宅でおさめと語り合い、帰って行った。

その帰り際、

「ありがとうございました。あの文を、母に代わって、文面を考え、書いてくださったそうですね」

と、仙太郎は露寒軒とおいちに頭を下げた。

「お蔭さまで、大事なことに気づくことができました」

後は言葉にせず、仙太郎はじっと露寒軒とおいちを見つめた。その眼差しはただ感謝の思いにあふれている。

おいちの脳裡に先日のやり取りがよみがえった。

おいちが文の代筆を終えたのを見届け、おさめが出て行った後、おいちは露寒軒に、おさめが昔、引いたという歌を尋ねた。

すると、露寒軒は造作もなく、一首の歌を口ずさんだ。

人の親の心は闇にあらねども　子を思ふ道にまどひぬるかな

どういう意味かと問うおいちに、露寒軒はもったいぶった様子で解説した。

「これはな。堤中納言《つつみちゅうなごん》という人の詠んだ歌じゃ。そう申しても、お前には分かるまいが、紫式部の曾祖父にあたる方だと言えば分かるじゃろう」

前置きが長かったが、おいちは黙ってうなずいておいた。

「その堤中納言が、天皇の更衣《こうい》となった娘の身を案じて詠んだ歌と言われている。ああ、更衣というのは、天皇のお着物のお世話をする女官であるが、ご寵愛《ちょうあい》を受けることも多いのじゃ」

「それで、歌の意味はどういうものなのでしょうか」

ついこらえ切れずに、おいちは急かしてしまった。露寒軒は露骨に不愉快そうな表情を浮かべる。

「親の心というものは闇に閉ざされているわけではないが、子供のこととなると、道に迷ったようにどうしてよいか分からなくなる、というような意味じゃ」

「まさに、おさめさんの仙太郎さんを思う気持ちそのままですね」

「さよう。おさめがこの歌を引いたゆえ、母の思いが伝わり、息子の病は治るとわしには分かったのじゃ」

露寒軒はそう答えた後、はっと気づいたような表情に変わった。

「お前は、まさか、その歌を書きつけようというつもりか」

おいちは無言でうなずいた。それから、再び露寒軒に歌を読み上げてもらい、近くにあった反故紙《ほごがみ》に、「人の親の」の歌を書きつけた。

その後、おさめの文に清書をすべく、改めて筆に墨をつけたその時、

「待て」

露寒軒が低い声でおいちを止めた。

「文を渡す前に、おさめが中身を見るかもしれんぞ。歌の意味がろくに分からなかったとしても、親という文字があれば、お前の意図に気づくだろう。さすれば、文を渡すことさえやめてしまうかもしれん」

露寒軒の指摘に、おいちの筆を持つ手は止まってしまった。

「ならば、あきらめるしかないのでしょうか」

おいちはつい声を高くして言い募った。あきらめたくない。おさめとて内心では、名乗らなくても気づいてほしいと思っているに違いないのだから――。

「ええい、せっかちな奴め。誰もあきらめよなどと言うておらん」

露寒軒は言い返すと、おいちが歌を書いた反故紙を指し示した。

「よいか。この箇所だけを書け」

露寒軒が示したのは、「心は闇にあらねども」の部分であった。どこにも、親という言葉も、子という言葉もない。

まさに賭けのようなものだ。これだけで、仙太郎が歌の意味に気づいてくれれば――。

「見込みは低いぞ」

露寒軒は最後にそう付け加えた。

「それでも、やってみます」

おいちはその時、きっぱりとそう答えたのであった。


果たして、仙太郎は歌の意味に気づいてくれた。そして、これからは頻繁に本郷を訪ねて来るのだという。おさめにとって、どんなに心楽しい日々が始まるかと思うと、おいちの心も弾んだ。

その日、夕食の席に三人でそろった時、おさめは改めて、露寒軒とおいちに礼を述べた。

「何もかも、露寒軒さまとおいちさんのお蔭です。あたし一人では、とても文を出すことなんぞできませんでした」

しみじみと言うおさめに、おいちは本当によかったと笑顔を浮かべた。

露寒軒は礼を言われるのが照れくさいのか、ふんっと鼻を鳴らしただけである。

それから、食事が始まった。いつものように静かな、だが、心温まる食事が終わると、おさめが片付けを始めるより先に、露寒軒が突然言い出した。

「時に、おいちよ。お前は仕事と住まいを探すと言っていたが、どうなっておる」

「ちょいと、露寒軒さま」

おいちが答えるより先に、おさめが強張った表情で口を挟んだ。

「おいちさんは毎日、露寒軒さまのお札書きの仕事をしてるんです。仕事を探しに外へ出かける余裕もないんですよ。それなのに、ここから追い出そうというんですか」

「誰が追い出すなどと言ったのじゃ。ええい、この家の女子は、どうしてこう、そろいもそろって粗忽で愚か者なのか」

露寒軒が嘆かわしいといった様子で、思いきり顔をしかめてみせた。

「それは、申し訳ないことでございますけどね」

おさめがめずらしく、露寒軒に向かってつけつけとした調子で言った。

「あたしはともかく、おいちさんは粗忽かもしれないけど、愚か者じゃありませんよ」

おいちに口を開かせる暇も与えず、おさめは必死においちを庇《かば》って言う。

「あたしが自分でも気づかなかった本心を、おいちさんはあたしに示してくれたんです。そんなこと、賢くなければできることじゃありません」

「ふうむ。賢いかどうかはともかく、人の本心を読むことに関しては、同意できなくもない」

露寒軒は遠回しな言い方をした。

「そこでじゃ。お前はこのまま、ここでわしの手伝いをし続けるつもりはないか。住み込み奉公で、お札の額を超えた分は給金も出そう」

「よかった、おいちさん！」

おいちが確かな返事をする前に、おさめが歓声を上げた。

「それは、ありがたいんですけれども……。でも、あたし、人捜しをしなければなりませんし……」

「颯太さんと七重姉さんって人のことだね。だけど、七重さんが本郷にいた頃の消息だって分からないんだろ。せめてそれまで本郷に腰を落ち着けたっていいじゃないか。何か分かったら、その時、ここを出て捜しに行けばいいんだから――」

おさめが必死になって説得する。それならば、確かに問題ない。それどころか、おいちにとってありがたい話であった。

「そういうことでいいのでしたら――」

ぜひともお願いしたい――と、おいちは改めて露寒軒の前に手をついた。

「ところで、露寒軒さま。あたし、一ついいことを思いついたんですけれども……」

続けて、おさめが言い出した。

「賢くないお前が思いついたことなぞ、たかが知れているが、まあ、聞いてやろう」

先ほど自分の言葉を否定されたためなのか、露寒軒が憎まれ口を叩く。おさめはさらりと聞き流して先を続けた。

「おいちさん、ここで代筆屋さんをやったらいいと思うんですけれどもね」

「えっ、代筆屋――？」

おいちが声を上げると、おさめは得意げに大きくうなずいてみせた。

「あたしみたいに、文をうまく書けない人は多いと思うんですよ。字は読めても、書く作法を知らないとか、字に自信がないとかってね」

「でも、書く作法なら、あたしだって――」

「それは、露寒軒さまがおられるじゃないか」

おさめが誇らしげな口ぶりで言い、露寒軒の方に目を向けた。

露寒軒はごほんと一つ咳払いをしただけで、おさめから目を背けてしまう。

「男だろうと女だろうと、年寄りだろうと子供だろうと、露寒軒さまなら、どんな人の文でもお手のもんでしょう。それをおいちさんが文字にして渡す。歌占のお客さんたちの中にも、代筆を頼みたいって人も出てくるんじゃないかと、あたしは思うんですけどね」

おいちに向かって語りかけながらも、露寒軒に聞かせることを意識しているせいか、おさめの口の利き方は丁寧だった。

「でも、あたしにそんなことができるんでしょうか」

おいちは自信のなさそうな口ぶりで呟いた。

自信を持てるのは筆跡だけだ。露寒軒よりはかなり上手《うま》いと思うが、それだけで代筆屋を営むことができるのか。

「よいか。できるかできないかなど、問題ではない。要は、やるかやらぬかだ」

露寒軒がおもむろに口を開いた。

「お前に人の文を書くほどの教養がないことは、誰でも知っている。しかし、お前は人が口にしない胸の内を、汲み取る力があるようじゃ」

「人が口にしない胸の内……？」

「天性のものか、あるいは生い立ちゆえのものかは知らぬ」

露寒軒に言われて、ふと、おいちは真間村での暮らしぶりを思い出していた。名主の孫娘ではあるが、土蔵に母親と二人閉じこもるようにしていた暮らし――。手習いの塾などには通っていたが、おいちと親しくしてくれる者はいなかった。颯太と親しくなるまで、一人ぼっちだったおいちに、母はよく言っていたものだ。

――皆がお前に口を利いてくれないとしても、いじけてはいけないよ。人は本当に大事なことは、あえて口にしないことも多いものなの。だから、お前は他人の心を汲んであげられる人になりなさい。

そう言われて、人の何気ない表情やしぐさ、また、口に出した言葉の裏を考えるようにしていた頃もあったように思う。

だが、颯太が現れ、友情と恋を二つながら手に入れた後は、そのことに満たされたせいか、あまり意識することはなくなってしまっていた。

「これは、歌占師としてのわしの助言じゃ」

露寒軒の言葉は続いていた。

「お前が、尋ね人との再会を果たすためには、人助けをして功徳《くどく》を積むことが必要なのじゃ。まして、お前は文との縁が深かろう。また、お前には少しばかり、この方面の才があるかもしれん。代筆をして文にまつわる徳を積めば、お前に取り憑《つ》いている真間手児奈の霊をも慰めることが叶う」

「文にまつわる徳を積む……」

人助けは確かに大切なことだろう。功徳を積むのも大事なことだ。

だが、自分のことで精一杯の今の自分に、他人を助けることなどできるのだろうか。そう思っていると、まるでその心を読んだかのように、

「ええい。できるかできぬかではない。やるかやらぬかだと申したであろう。して、やるのか、やらぬのか！」

と、露寒軒の怒号が飛んだ。

「やります！」

勢いにつられて、ついそう言ってしまった。

「よろしい」

露寒軒は満足げに言い、形のよい顎鬚を撫ぜた。

「それじゃあ、あたしは片付けちまいますね」

おさめが浮き浮きした声で言い、夕食の後片付けに立ち上がった。

第三話　春の雪

一

歌占《うたうら》を行う露寒軒宅で、住み込み奉公兼代筆屋をすることになったおいちは、その翌日からさっそく仕度を始めることにした。

仕事は今まで通り、露寒軒の横に置いた文机《ふづくえ》で行う。そもそも、露寒軒の歌占のためのお札書きの仕事は続けなければならない。

筆も硯《すずり》も墨も、露寒軒がお札書きのために貸し与えてくれたものがある。ひとまずは、それを使い続ければよいはずであったが、

「でも、筆だけは――」

と、おいちはこだわりを見せて、真間村から持ってきた荷物の中から、一本の筆を取り出した。

「これは、母さんからもらったものなんです。あたしが手習いの塾へ行き始めた時に――。母さんは父さんにもらったものだって言ってました」

父が母とおいちの許《もと》にいた頃、三人は江戸で暮らしていた。

父の思い出はあまり多くはなく、ともすれば、覚えていることでもあいまいになりがちだった。江戸にいた頃、父が何をして暮らしを立てていたのかも覚えていない。

だが、母はその当時、近くの子供たちを集めて、手習いの塾を開いていた。

真間村へ戻ってからはそれもやめてしまったし、おいちもわざわざ外の塾へ通っていたので、母から手ほどきされたのは、塾へ通い出すまでのことである。

それでも、母の字の美しさをおいちは知っていたし、母にとって、この筆がどれだけ大事なものかということも知っていた。だから、おいち自身も、この筆は大事な清書の時にしか使わぬようにしてきた。

「ふむ、ならば、それはお前の勝負手といったところじゃな」

おいちの話を耳にした露寒軒が言った。

「勝負手……？」

「勝ち負けを決める大事な一手という意味じゃ。清書はお前にとって、勝負の一手じゃったのだろう」

「勝負っていうほど、大袈裟《おおげさ》なものではありませんけど……」

「それならば、その筆は客の文を清書する時にだけ使うこととし、それ以外は今まで通り、わしが貸してやった筆を使うがよかろう」

露寒軒はそう言ってくれた。めずらしく思いやりのある言葉に、我知らず頬を緩ませながら礼を言おうとしたら、

「まあ、いつ出番があるか、知れたものではないがな」

と、嫌味が続いた。

「お客さんを呼ぶには、まず貼り紙を出さなくちゃ」

傍らで、そのやり取りを耳にしていたおさめが、取りなすように口を添える。

「貼り紙……？」

おいちはたちまち気をそらされた。

「玄関口に歌占の貼り紙が出ているだろ。ああいうふうに、代筆屋の貼り紙も出さなくちゃ」

「確かに……」

おいちはうなずきかけたが、

「ここは、同心屋敷が建ち並ぶ土地じゃ。日本橋あたりの店のごとく、でかでかと看板を立てたりしてはならん。また、奇をてらったごとき貼り紙も固く禁ずるぞ」

と、露寒軒が前もって言った。

「では、歌占の貼り紙と同じように、代筆屋と書いた紙を、隣に貼らせていただくのならかまいませんか」

「隣に貼るといって、同じくらいの大きさで貼るつもりか」

露寒軒が少し嫌そうな表情を浮かべた。

「戸は引き戸なんですから、片側にしか貼れませんよ。今、歌占の貼り紙は中心に貼られていますから、少し端にずらして二枚並べて貼るしかありませんね」

と、おさめが言う。

「何、歌占の貼り紙を端へずらす、だと――。それはならぬ。歌占はあくまでわしの本業じゃ。中心に貼らねばならん」

代筆屋を開くことをおいちに勧め、墨や筆などは快く譲ってくれた露寒軒だが、貼り紙のことでは譲れないらしい。そこで争っても意味はないと感じ、

「なら、どうすればいいですか」

と、おいちは尋ねた。

「わしの『歌占』の貼り紙の端の方に、小さく『兼代筆』とでも書けばよかろう」

機嫌を直して、露寒軒は言った。

「まあ、ここは折れた方が無難だよ」

おさめが露寒軒に聞こえないよう、小さな声でおいちの耳にささやいた。

「分かりました」

おいちも素直にそう答えた。

「ところで、歌占の貼り紙も黄ばんでまいりましたから、ここでおいちさんに新しく書き直してもらったらどうでしょう。『歌占兼代筆屋』って、一枚の紙に――」

おさめがすかさず口を添える。

「まあ、好きにするがよかろう」

その点については、露寒軒はうるさく言わなかった。

そこで、おいちは露寒軒から新しい杉原紙《すぎはらがみ》をもらい、母の筆を使って貼り紙を書いた。中央に大きく「歌占」と書き、左端に少し小さい字で「兼代筆」と書き添える。

「ああ、よかった……」

それを見て、おさめは嬉《うれ》しげに呟《つぶや》いた。

「前の貼り紙、さすがに読めないほどじゃなかったんだけど、お客さんに評判が悪くってねえ」

おさめが言うのも無理はない。これまでの貼り紙は露寒軒が書いたものだったのだ。

こうして、出来上がった貼り紙を、おさめが玄関の戸に貼り直し、おいちの代筆屋は開業の運びとなった。

だが、貼り紙をしたところで、いきなり代筆のお客が来るわけではない。

代筆の貼り紙を出してから、十日ほどが過ぎ、暦が二月を迎えても、代筆の客は一人も来なかった。

このままでよいのだろうかと、おいちが思い始めたそんなある日のこと――。

歌占の客がいったん途切れたところで、

「お前にはこれから、外へ使いに出てもらう」

と、露寒軒がいきなりおいちに言い出した。

「お使いですか」

その方がかえって気がまぎれるだろう。「分かりました」と、おいちは即答した。

「日本橋の小津屋《おづや》で杉原紙を二十枚、買ってまいれ」

小津屋のくわしい場所はおさめに聞け——と、続けた後、

「ところで、お前は代筆屋の商い道具として、筆だけはこだわりを見せているが、紙のことはまったく考えておらぬのではないか」

と、露寒軒はおいちに尋ねた。

「紙って、それは……」

おいちは自分の文机に目を落とした。今、露寒軒が注文した杉原紙は上質なよい紙である。

おいちが真間村にいた頃、手習いに使っていたのは値の安い漉《す》き返し紙がふつうで、杉原紙などは特別な清書の時にしか使えなかった。

露寒軒はこの杉原紙を歌占のお札に使っていたから、おいちは代筆の際もこれを使わせてもらえると思い込んでいたのである。

「愚か者め」

最近は、露寒軒の口癖のようになっている言葉が飛んだ。

「杉原紙も悪くはないが、代筆屋の客もさまざまあろう。若い娘が恋文の代筆を頼んだ時、丈夫で色気のない杉原紙に書いてほしいと思うか」

「それは……」

「まあ、お前に見立てをしろと言うのは無理というものじゃ。では、薄様《うすよう》をとりあえず十枚程度でよかろう、小津屋で買ってまいれ。色はお前に任せる」

「うすようって、紙の名前なんですか」

何のことか分からずに、おいちは訊《き》き返した。

「薄様も知らんのか。薄様とはな」

あきれた表情で言いかけた露寒軒は、ふと思い直した様子でいったん口を閉ざした。

「わしが説明するより、紙屋で聞いてくるとよかろう。紙はこれからのお前の商い道具であるから、くれぐれも心して学んでまいれ」

「はい」

確かに、代筆屋にとって、紙の選び方や扱い方は大事なことに違いない。

「支払いはつけておくように――。小津屋にはこれまでもたんと注文しているゆえ、つけで買物をさせてくれるはずだ」

「分かりました」

おいちは手早く文机の上を片付けると、すぐに立ち上がった。

おいちは露寒軒の家を出てから、日本橋へ向かった。

露寒軒に言われた通り、おさめから日本橋への分かりやすい道筋と小津屋のくわしい場所を聞き、それを目安に小津屋を探した。

小津屋は大伝馬町《おおでんまちょう》にある大きな紙商である。

「鱗《うろこ》に久《きゅう》の印が暖簾《のれん》に出ているから、すぐに分かるはずだよ」

おさめはおいちにそう教えてくれた。

おいちは本郷から、一刻（約二時間）余りの時間をかけて日本橋へ到着した。日本橋界隈《かいわい》には、呉服屋や白粉《おしろい》屋などの店が建ち並び、着飾った女性たちが、店を出たり入ったりしている。

他にも、忙しそうに行き来する商家の手代や小僧たちの姿や、二本差しの侍、野菜を担いだ棒手振《ぼてふ》りなど、雑多な人々の姿に、おいちは驚きの目を瞠《みは》った。

千住大橋を渡って江戸へ入った時にも、やはり下総の村とは違うと思ったが、これほどの人数の多さではなかった。やはり日本橋は格別なようである。

おいちはすれ違った棒手振りの若者をつかまえて、

「大伝馬町はどこですか」

と、尋ねた。

「あっちだよ」

愛嬌《あいきょう》のよい棒手振りの若者は、嫌な顔もせずに教えてくれた。

おいちは礼を言い、それから大伝馬町の界隈へ向かい、おさめから教えてもらった屋号の店をすぐに見つけた。

「鱗久」の印が染め抜かれている暖簾をくぐって、店の中へ入ると、

「いらっしゃいませ」

と言いながら、すぐに手代らしい若い男が笑顔で近付いてきた。

店内は、先ほど目にした呉服屋や白粉屋ほどの賑《にぎ》わいではないが、他に三人ほどの客がいるようだ。それぞれ手代らしい男が付いて、客に品物の説明をしている。

「こちらへどうぞ」

客を座らせるための縁台が置かれており、おいちはそこへ導かれた。

「手代の仁吉《にきち》と申します。御用の向きをおっしゃってください。入用でしたら、見本帖《ちょう》をお持ちいたします」

仁吉は丁寧に言った。

齢《とし》の頃は、二十二、三といったところだろうか。月代《さかやき》をきれいに剃《そ》り、いかにも清潔そうな若者だった。口の利き方も柔らかく、顔立ちも優しげである。

おいちの知る真間村の若者たちとは、まるで違う種類の男だった。

真間村の若者たちは皆、百姓の家の出であったから、十代も半ばほどになれば逞《たくま》しい体つきとなり、顔つきも相応に引き締まってくる。もちろん、穏やかな風貌の男もいないわけではないが、彼らは女に対して笑顔を向けたりはしない。

「えっと……」

おいちは、仁吉の流れるような応対に少し戸惑いながら、

「杉原紙を二十枚ください」

と、露寒軒から言われたことを思い出して口にした。

「杉原紙を二十枚でございますね」

仁吉はきちんと復唱してみせた後、少々お待ちくださいと言い置き、いったん奥へ引き取った。

それから、杉原紙の束を手にして戻ってくると、

「こちらが、当方でご用意させていただいている杉原紙です」

と言い、おいちの前に置いた。

おいちは紙の端を触って確認した。露寒軒の家で使っていたのと同じものである。

おいちはうなずいた。それから、顔を上げると、

「ところで、薄様というものも欲しいのですが……」

と、おいちは続けた。薄様を知らないので、自信のない物言いになる。

「薄様でございますね」

仁吉は相変わらずにこやかな笑顔で応じる。

「あのう、私は使いの者ですので、薄様をよく知らないのです。私の見立てで十枚ほど買ってくるように言われたのですが……。薄様とはどういうものなのですか」

おいちは思い切って尋ねた。

この仁吉という男なら、おいちの無知を侮ることもなく、教えてくれそうだ。

仁吉は大きくうなずいてみせてから、語り出した。

「薄様というのは、厚様《あつよう》に対する言葉でございます。分厚くしっかりと梳《す》いたものが厚様、薄く梳いたものが薄様です」

「そうなんですか」

おいちはうなずいた。

だが、ただそれだけのことなら、あの場で教えてくれてもよかったのに——と、露寒軒を怨《うら》めしく思う気持ちが湧《わ》いてくる。そう思っていたら、仁吉が再び口を開いた。

「薄様は、今から七百年ばかりも昔になりますか。紫式部や清少納言といった方々が活躍した頃、すでにございました」

「そんなに昔から——？」

意外な言葉に驚いて、おいちは訊き返した。

「はい。薄様は、文や歌のやり取りをするのに使われたようです。男の方も使われましたが、特に女人に好まれたようでございます。色をつけて梳いたものは、特に美しいですから——」

仁吉の説明は分かりやすい。それから、

「見本を御覧になりますか」

と、仁吉はおいちに尋ねた。

「お願いします」

おいちはすぐに答えた。

そんなにも昔から、女性たちに愛されてきたという薄様に対する興味が湧いてきていた。

再び奥へ下がった仁吉は、ややあってから戻ってきた時、一冊の冊子本を持っていた。表紙には「薄様見本」と貼り紙がされている。厚さは五分（一・五センチ）ほどであった。

仁吉がおいちの方に本を向け、表紙をめくって中を見せてくれた。

「まあ……」

おいちの口から思わず感嘆の言葉が、溜息と共に漏れた。

そこに、貼り付けられていたのは、薄紅色に梳かした紙の一部であった。

「これは、紅の薄様です」

仁吉は言い、さらに一枚めくってみせる。

「ただ紅の薄様といっても、一種類ではありません。濃いめのものから薄めのものまでそろっております。こうして、わざと筋やぼかしを入れたようなものもあります」

仁吉が見本帖をめくる度に、紅色が少しずつ濃くなってゆき、さらには風の動きや水の流れを表しているかのように、うっすらと筋が入ったものもある。

「他にも、紫の薄様、青の薄様などがございます。色をつけない白の薄様もあれば、鳥の子紙の地の色を生かした淡い黄色のものもございます」

「本当に美しいですね。これを二枚重ねて、文として誰かに送ったら、喜ばれるでしょうね」

おいちが思いつきを口にすると、仁吉は少し目を見開いた。

「お客さまが今おっしゃったことは、その昔、京のお公家さまの間でも流行《はや》ったそうです。恋文には、どの色の薄様を組み合わせるか、特に気を配ったのだとか」

「そうだったのですか」

おいちはすっかり感心して呟いた。

「ところで、お客さまをお使いによこした方は、これを何に使うのですか」

そう問われて、まだ露寒軒のことを話していなかったことに、おいちは気づいた。

「あたしは、本郷で歌占をしておられる露寒軒さまのお使いなんです。こちらで、よく買物をしているということですが……」

おいちが言うと、仁吉は心得た様子で、大きくうなずいた。

「さようでございましたか。戸田露寒軒さまは確かに、手前どものよきお客さまでございます」

「ところで、今日はつけで買ってくるように言われたのですが、かまいませんか」

露寒軒から金を預かってきていないおいちが、そのことを尋ねると、仁吉は不快な顔も見せずにうなずいた。

「はい。それはけっこうです。うちでは、節季払いのお客さまも多いですし。もっとも、仕官を終えられた露寒軒さまは、まとまったお金が入った時に、その都度支払ってくださるのですが……」

露寒軒の金払いは、決して悪いわけではないようだ。

「それにしても、あの露寒軒さまが薄様をお求めとは――。歌占でお使いになるのでしょうか」

仁吉は首をかしげながら尋ねた。

「いえ、あたしが商いで使わせていただくんです」

おいちは言い添えた。

「お客さまが――？」

仁吉はますます分からないといった表情になる。

「はい。あたし、露寒軒さまのお宅で、代筆屋をすることになったいちといいます。お客さまはまだ一人もいらしていないのですけど……。誰か必要としている人がいたら、ご紹介ください」

おいちは仁吉に売り込んでおいた。

「代筆屋ですか。お客さまが……」

仁吉はやはり驚きを隠せぬ表情で呟いた。

「はい。あたし、書には自信があります。少なくとも露寒軒さまよりは上手いと思います」

「ああ……。あっ、いえ――」

仁吉は思わずうなずきかけたが、慌ててごまかした。どうやら、仁吉も露寒軒の悪筆を知っているようだ。

「そうでしたか。大事な文はやはり、きれいな字の人に書いてもらうのが嬉《うれ》しいものでございます。それに、あの露寒軒さまが付いておられるのなら、すばらしい文章にしていただけそうですね」

仁吉はそう続けた。

露寒軒の蔵にある書物の量、その識見の確かさは、おいちも十分に理解している。

(恋文に、恋の歌が添えられていたりしたら、もらった人はどんなに嬉しいだろう)

そう思った時、ほろ苦くよみがえる言葉があった。

――あたし、思ったの。あたしも、恋の歌を作ってみたいなって。それに、恋の歌を贈ってもらいたいなって。

その約束はまだ果たされていないが、「君が手添へし梨の花咲く」という下の句だけは贈ってくれた。

いつの日か、完全な三十一文字《みそひともじ》の歌を贈ってくれる時が来るだろう。

(その時まで、あたしは代筆の仕事で誰かのお役に立とう)

そうやって、徳を積むことが、おいちに憑《つ》いた霊を祓《はら》う方法だと、露寒軒も教えてくれた。おいちが心にそう言い聞かせていたその時、

「お嬢さん、お帰りなさいませ」

店にいた小僧の一人が、店先の方に向かって声をかけた。

その声につられて、おいちが振り返ると、二十代の半ばほどと思われる女性が暖簾をく

ぐってきたところだった。

その女性は小僧に軽くうなずき返すと、それから仁吉とおいちの方を向いた。

（きれいな人――）

背は女性にしては高い方で、すっきりと痩せており、薄紫の小袖をきれいに着こなしている。

色白に切れ長の目――まるで浮世絵の美人画から脱け出してきたような人だと、おいちは思った。

「お帰りなさいませ」

仁吉もまた、丁重な態度で女性を出迎えた。

女性は仁吉には目だけで応じると、おいちに向かって頭を下げた。丁寧で、それでいて、少しも客に媚《こ》びるところのない美しいお辞儀の仕方であった。

顔立ちも整っているが、佇《たたず》まいや仕草の美しい人である。

おいちは思わず、女性の一挙手一投足に見入ってしまった。

「いらっしゃいませ」

女性はおいちに挨拶を終えると、店の奥へと入って行く。店内と奥を仕切る暖簾の向こうへ消えてしまうまで、おいちは女性から目を離せなかった。

「あの方は……」

買物のことも忘れて、おいちは女性について仁吉に尋ねた。

「あの方は、当方の支配人さんのお嬢さんです」

と、仁吉は恭しさの感じられる口ぶりで答えた。

「支配人……？　このお店の旦那さんということですか」

支配人という聞き慣れない言葉に戸惑って、おいちはさらに問う。

「いいえ、当方の主人は小津屋清左衛門《せいざえもん》と申しまして、伊勢は松坂に暮らしております。こちらはその江戸店《えどだな》でございまして、主人の一族や目に適《かな》った者が選ばれて支配人となるのでございます。江戸店を取り仕切るのが支配人でございますが、小津屋の主人というわけではございません」

「そうなんですか」

要するに、江戸店で一番偉い人の娘ということなのだろう。

「ただ今の支配人は、主人小津屋清左衛門の親戚の者です。ですから、手前どもも、先ほどの方をお嬢さんとお呼びしております」

だが、お嬢さんというには、少し年齢がいっているようだ。

結婚はしていないのだろうか。おいちは先ほどの女性のことが、なぜか気にかかってならなかった。とはいえ、さすがにそこまで立ち入ったことは聞きにくい。もし複雑な事情があれば、仁吉とて話すのを躊躇《ためら》うだろう。

「今の方は、何とおっしゃるのですか」

代わりに、おいちは女性の名前を尋ねた。

「美しい雪と書いて、美雪《みゆき》さまとおっしゃいます。お嬢さんがお生まれになった日に、雪が降っていたのだとか」

仁吉は何の抵抗もなく教えてくれた。

(美雪さん……名前まで美しい人――)

おいちが半ばぼうっと、美雪の面影を追っていると、

「それよりお客さま。薄様はどの色をどれほどお求めになられますか」

仁吉が問うてきた。おいちはようやく我に返った。

何色にしようと考えた時、先ほどの美雪の姿がよみがえった。

色白の肌と、唇にさした鮮やかな紅――それぞれが互いの色を引き立て合っていた。そして、品のよさをうかがわせる薄紫色の小袖――。

「白と紅、それに紫――」

ほとんど迷うことなく口にした後、おいちは淡い黄色の薄様も付け加えた。

「色の濃さはどういたしましょう」

あまり紙の色が濃いと墨がはっきり出ない心配があるが、そこまで濃い色のものはない。

淡い黄色は一種類だが、紅色は全部で三種類、紫色も全部で三種類ある。

おいちは最も薄い紅色と中間の紅色を二枚ずつ、紫は最も薄いのを二枚選んだ。これに、淡い黄と白の薄様を二枚ずつ加えて、合計十枚になるようにする。

「ありがとうございました」

仁吉は先に取り揃《そろ》えた杉原紙二十枚と薄様十枚を合わせて、包み紙でくるんでくれた。包み紙は中身が折れたりしないように——との配慮からだろう。特に丈夫な作りであった。が、これは一度きりの使用ではなく、何度も使うものらしく、少し古びている。

「包み紙は費用につけさせていただきましたが、こちらへお返しくだされば買い取らせていただきます」

おいちが初めての客だったからだろう、仁吉は最後にそう付け加えた。

「毎度ありがとうございます」

仁吉に見送られて、おいちは小津屋の店を出た。

江戸で初めての買物を終えて、本郷方面に向けて歩き出した時、西の方の空はもう茜色《あかねいろ》に染まっていた。

二

その日、本郷の露寒軒宅へ帰った時にはもう、辺りは暗くなっていた。買ってきた品物を露寒軒に渡し、小津屋での報告をしているうちに、すぐ夕食になってしまった。

美雪のことをおさめにいろいろ尋ねたかったが、夕食の後まで待つしかない。

いつものように、三人で夕食を摂り、おさめが後片付けに取りかかろうとした時、

「あたしにも手伝わせてください」

待ちかねていたように、おいちはさっと腰を上げた。

有無を言わせぬ口ぶりとその態度から何かを感じたのか、おさめは何も言わず、露寒軒さえいつもの講義を始めようとはしなかった。

おいちは台所へ行くと、この家へ来て初めて、夕食の後片付けを手伝った。といっても、食器を洗うのはおさめで、おいちはその水を井戸へ汲《く》み替えに行くだけだ。そのおいちが台所へ水桶《みずおけ》を手に戻って来ると、

「一体、今夜はどうしちまったっていうんだい？」

食器を桶の中へ入れながら、おさめはおいちにそう尋ねた。

「おさめさんは日本橋の小津屋さんについて、いろいろ知ってるんでしょう？」

「ああ。おいちさんは今日、お使いに行かされたんだったね」

おさめは手を動かしながら、心得た様子で答えた。

「はい。そこで、とてもきれいな女の人を見ました。手代さんが支配人のお嬢さんだって言ってました」

おいちがさらに言うと、

「ああ。あの――」

おさめは大きくうなずき、いったん手を止めて、おいちの方へ顔を向けた。

「美雪さんのことだろ。確かに、きれいな人だよね。若い頃は小津屋小町って言われてたくらいだからさ」

おさめの目が生き生きして見える。おいちが美雪に関心を持ったように、おさめも美人

の美雪に関心があるらしい。

ただ、その目に浮かぶのは、おいちのような美雪への憧れではなくて、ただ単に美人の噂話《うわさばなし》をするのを楽しんでいるといった程度のものであった。

「へえ、小津屋小町――」

おいちはなるほど――と、納得する思いでうなずいた。

今でもあれほど人目を引く美人なのだから、娘盛りの十七、八の頃はさぞかし評判高かったに違いない。

「美雪さんは結婚していないのですか」

おいちは先ほどの美雪の風貌を思い出しながら尋ねた。一瞬のことだったので、しっかり見届けたわけではないが、「いらっしゃいませ」と挨拶した時の美雪の口許は、お歯黒を施していなかったようだ。

江戸では、結婚した女は、ふだんでもお歯黒をするものだと聞いたことがある。

おいちの暮らした真間村では、祭りのような時は皆するが、そうでない時はしたりしなかったりという感じであった。

だが、江戸の町中《まちなか》を歩いている時、見かけた二十代以上の女たちは、たいてい歯が黒く染められていた。

結婚していることの証《あか》しとも言えるお歯黒を、美雪がしていなかったのは、夫がいないからではないか。

「ああ、美雪さんはね。旦那に逃げられたんだよ」

おさめは大して声を落としもせず、平然として言った。自分も離縁しているせいなのか、口にするのを憚《はばか》る必要は感じていないらしい。

「旦那さんに逃げられたって……？」

おいちは混乱して呟いた。

美雪のような美人で、しかも小津屋支配人の娘でもある女を嫁にして、逃げ出す男がいるというのが、理解できなかったのだ。

「あんな美人がどうしてって思うだろ？」

おさめがおいちに同意を求めるように言う。おいちはうなずいた。

「美雪さんが結婚した時は、あたしも露寒軒さまの女中はしていなかったし、小津屋と関わりがあったわけじゃないから、くわしくは知らないんだけどさ。聞いた話じゃ、美雪さんは嫁に行ったわけじゃなくて、婿を取ったみたいなんだ。ゆくゆくは小津屋を任せようって腹だったんだろ」

「でも、美雪さんは小津屋のご主人の娘じゃなくて、支配人の娘だって、聞きましたけど……」

おいちが仁吉の言葉を思い出しながら言うと、おさめはうなずいた。

「ああ、そうそう。小津屋の主人は江戸にはいないからね。でも、江戸店の支配人といやあ、主人の代わりみたいなもんさ。確か今の支配人丹左衛門《にざえもん》さん——って、つまり美雪さんのお父つぁんだけど、小津屋清左衛門さんの親戚筋だって聞いてる。だから、丹左衛門さんの婿さんが、次の江戸店支配人になる見込みは高いっていう話だよ。もっとも、決めるのは伊勢松坂の旦那だろうけどね」

「じゃあ、美雪さんの旦那さんだった人は、そのつもりで婿に来たんですね」

「そうさ。有名な材木問屋の次男だったっていう話だよ。あたしは直《じか》に知るわけじゃないんだけどさ」

おさめは噂話が好きな性質《たち》なのか、おいちがあれこれ訊かなくても勝手にしゃべってくれた。食器を洗うおさめの手は、もうとっくの昔に止まってしまっている。

「ところが、さ。美雪さんはああ見えて、きついお人らしくてね。まあ、噂じゃ、婿入りした旦那を、毎日のように怒鳴ったり罵《ののし》ったり、喧嘩が絶えなかったんだって」

「どうして、そんなにお婿さんを怒鳴ったりしたんでしょう」

「その婿さんは紙屋の仕事に不慣れだったからさ。いろいろ頑張って覚えようとはしてたみたいだけど、美雪さんの目には物足りなく見えたんじゃないかねえ」

美雪さんは女だてらに、店の仕事に口出ししてたっていうから――と、おさめは続けた。

「でも、お婿さんは怒鳴られて、言い返したりしなかったんですか」

「そこが、入り婿の悲しいところさ。美雪さんに叱り飛ばされて、いつもうな垂れていたらしいよ」

噂が本当なら、いくら何でも気弱すぎやしないか。だが、そう思う一方で、

（あのきれいな人が、お婿さんを叱り飛ばしていたなんて……）

気品のある楚々《そそ》とした美雪の印象も、おいちの中では、ずいぶんと色褪《いろあ》せていた。

「だけど、心の中では、美雪さんに対する鬱憤《うっぷん》が相当たまっていたんだろうね。ある時、吉原に行っちまったんだ。そこで、馴染《なじ》みの女ができちまって、その後はもう坂道を転がり落ちるようなもんだったそうさ」

おさめは最後を、かなりあいまいな言葉で締めくくった。

何となくは分かるものの、おいちはそれでは納得できなかった。

「坂道を転がり落ちたって、どうなったんですか」

はっきりと問いただすおいちに、おさめは少し嫌な顔をした。

「だから、婿さんは女に狂って、店の金を使い込み、そのまま逃げちまったんだよ。江戸じゃあ、よくある話さ」

「そうなんですか……」

おいちは考え込むように呟いた。

ふと、颯太の顔がよぎってゆく。

「まあ、この件に関しちゃ、美雪さんも悪かったんだろうよ。家でも店でも、鬼嫁が睨みを利かせてたんじゃ、婿さんだって気が休まらないからねえ」

男に逃げられる女には、それなりの理由があるのさ——と、この時だけは、おさめは少ししんみりとした口ぶりになって言った。

「あたしだって、身に覚えがないわけじゃないけどねえ」

　と続くおさめの言葉をぼんやりと聞きながら、おいちは自分と美雪を照らし合わせていた。美雪のようにきれいな女でも、夫に逃げられてしまうという話は、少なからずおいちの心を暗くする。

「しかし、美雪さんもすごい人だよね」

　食器洗いの手を再び動かし始めたおさめの呟きに、おいちははっと我に返った。

「すごいって、どこがですか」

「婿さんに逃げられた時さ、美雪さん、まったく動揺せずに平然としてたらしいんだよね。だから、鬼嫁だとか雪女だとか、いろいろ陰口を利かれたわけさ。それでも、まったくへこたれない。婿さんが出てってしばらくすると、お歯黒をきれいに落として、店の仕事を手伝い始めたってんだから、大したもんだよ」

「美雪さん、小津屋さんの仕事を手伝っているんですか」

「ああ。支配人の丹左衛門さんが、美雪さんの才を買ってるって話だよ。美雪さんが男ならよかったってさ。それで、婿さんに逃げられた後は、それまで以上にばりばり働いて、店を切り盛りしてるらしい。婿さんなんかいなくても、美雪さんがいれば店の方は大丈夫なんだってさ」

　おさめの噂話は、そこで一区切りを迎えた。

「ああ、こんなに暇がかかっちまった。さ、もうあと一回、水を替えてきておくれよ」

おさめから言われて、おいちは夢から覚めたように立ち上がった。

手桶を持ち、裏庭へ出ると、冷たい夜風が吹き抜けていった。

春とはいえ、夜はかなり冷える。おいちはぶるっと震えると、小走りで井戸の方へ駆けて行った。


それから、数日が過ぎた。

露寒軒の店の玄関口には、「歌占兼代筆」と書かれた新しい貼り紙が出されている。しかし、代筆の依頼はまだまったくなかった。

一方、歌占の客は少しずつ増えてくるようだ。春という季節がそうさせるのか、恋に悩める若い娘たちの客が目についた。そして、その手の女客に対しては、忌々しいことに、露寒軒の態度がころりと変わる。

「若い女客にはずいぶん甘いんですね。声の出し方がいつもと違いますよ」

ある時、おいちは嫌味を言った。すると、露寒軒は、

「当たり前だ。若い娘は金払いがよいものだからのう」

などと、悪びれずに言う。

「あたしが客だった時には、怒鳴られましたけど……」

「お前はいかにも金払いが悪そうで、無礼なことばかり訊いた。物も知らぬし、口の利き方もなっとらん。ゆえに、少し調子を狂わされたのじゃ」

露寒軒はまるでおいちが悪いというような口ぶりで言う。

「それにしても、お前の客は一人も来ぬではないか。これでは、真間手児奈の霊を祓えるのは、一体いつのことになるのやら――」

露寒軒が大袈裟《おおげさ》に溜息を漏らすのを聞いて、おいちは身を乗り出した。

「ちょっと待ってください。代筆の仕事をこなして徳を積まなければ、真間手児奈の霊はずっとあたしに取り憑いているんですか」

露寒軒は今さら何を言い出すのか――というような渋い表情を見せた。

「そう申したではないか。お前も思い当たることがあるのだろう。真間手児奈を怒らせた罪は大きいぞ」

確かに、手児奈祭りの日に水の湧き出す井戸に近付いたのは、事実である。

それでも、颯太との再会をあきらめるわけにはいかなかった。こうなったら、代筆の客を大勢こなして、一日でも早く徳を積むしかない。

「どうすれば、お客さんが来てくれるのでしょうか」

おいちは真剣な眼差しで、露寒軒に尋ねた。

「そんなこと、わしの知ったことか。自分で考えるがいい」

露寒軒はそっぽを向いた。その態度が癪《しゃく》に障って、

「少しくらい、教えてくれてもいいじゃないですか」

おいちが尖った声で言い返したその時、

「お邪魔します」

という声が玄関口からかかった。若い男の声のようである。

「はあい」

おいちは露寒軒とのやり取りをいったん収め、明るく返事をした。

「こちらへどうぞ」

おいちが立ち上がって行こうとすると、それより早く戸が開いた。

相手はどうやら、ここの勝手が分かっている人間のようだ。

「失礼します」

入ってきたのは、おいちも知る男であった。

「あなたは確か、小津屋さんの……」

先日、おいちが小津屋へ行った時、紙を選ぶのを助けてくれた手代の仁吉だったのである。

「何だ。お前か」

露寒軒は仁吉をよく知るらしく、ぞんざいな口を利いた。

「また、紙を売りつけようと、新しい見本帖でも持って来たのか」

「いいえ、今日は客として参りました」

露寒軒の言葉をあっさりと受け流して、仁吉はさっさと露寒軒の目の前に座った。

「お前が、占いを――?」

露寒軒が不審げな目を似吉に向ける。

「いいえ、占いではなく、代筆をお願いしたいと思って参りました」

仁吉はそう言うと、目をおいちの方へ向けた。

「えっ、代筆を――？」

おいちは驚きのあまり、声が裏返ってしまった。

初めてのお客である。だが、嬉しいと思う気持ちよりも、困惑の方が先に立った。

考えてみれば、おさめと露寒軒に促されるまま代筆屋を始めることになったものの、仕事に対する見通しもない。お客が来ないのを嘆きながらも、いざ仕事となると、どうすればいいか分からなかった。

「この前、言ってましたよね。代筆をしてるって――」

今日は自分の方が客だからだろうか、仁吉は前に小津屋の店先で言葉を交わした時よりも、ややくだけた物言いをする。

「は、はい。そうですけど……」

「客を紹介してほしいということでしたが、私が客でもかまいませんよね」

「それは、まあ……」

おいちはどう対処すればよいか分からず、つい助言を求めるように、露寒軒の方を見てしまった。

露寒軒は、自分の客かと思った者が、おいちの客だったことが気に入らないのか、ぷいと横を向いてしまっている。おいちは仕方なく、再び仁吉の方へ目を向けた。

「分かりました。お引き受けいたします。どのような文《ふみ》か、おっしゃってください」

おいちが覚悟を決めて問うと、仁吉の顔つきがにわかに変わった。

仁吉は少し困惑したような、悩ましげな表情になると、

「恋文です——」

と、少しかすれた声で告げた。

三

外へ使いに出たついでに寄ったので、あまり時間がないという仁吉から、事情をすべて聞き取った時には、四半刻（約三十分）ほどが過ぎていた。

「それでは、三日以内に頼みます」

仁吉はそう言い置くと、慌ただしく帰って行った。

仁吉が去ってしまうと、おいちはどっと疲れを覚えた。

「あのう、こういうの、代筆屋の仕事なんでしょうか」

おいちは恐るおそる露寒軒に問うてみた。

代筆屋とは、客の言うがまま、文を書けばよいのだとばかり思っていた。書き方の作法は露寒軒が教えてくれるし、場合によっては文面も考えてくれる。だから、おいち自身は言われるままに文字さえ書けば、それで済むのだ、と——。

（それなのに、文案からすべて考えるなんて――）

仁吉は自分の抱える問題を一通り話すと、相手の心を動かすような恋文をしたためてほしいと、かなり無茶な注文をしてきたのだ。その上、文面もおいちに任せたいという。

「女人の心を動かすには、やはり女人にお任せするのがいいと、思ったのです」

と、仁吉は言ったが、おいちとて、他人の心を動かす恋文の書き方など考えもつかない。

「まあ、ただ客の言うがままに書くだけの代筆屋もおる。そういう仕事しか受けぬという代筆屋もな。しかし、お前の場合、さような約束事を決めたわけでもあるまい。そもそも、他に客がいないのに、これを断ることもできぬだろうが」

露寒軒からそう言われると、おいちには言い返す言葉もない。

「だけど、あたし、恋文なんてどう書けばいいのか。それに、仁吉さんの恋文の相手って――」

おいちは途方に暮れた様子で呟いた。すると、

「まあ、猶予は三日もあるのだ。そもそも、文面を考えるのは一刻もあれば済む。大事なるは、相手の心を動かせる言葉を探すところにあろう」

と、露寒軒がおいちをたしなめるように言った。

「でも、そんな言葉、どうやって探せばいいのか――」

おいちがあきらめがちの声で呟くと、

「お前、心得違いをしておらぬか」

露寒軒がいつになく生真面目《きまじめ》な、強い口ぶりで言った。怒鳴られたわけではなかった。声も低く抑え気味である。

だが、この時、おいちは露寒軒から、これまでで最もこっぴどく叱りつけられたような心地がした。気軽に言い返すこともできなかった。

「言葉には、人の心を動かす力がある。それは、言葉でなくてはできぬことだ。一体、言葉以外の何を使って、人の心を動かすことができるというのか」

諄々《じゅんじゅん》と説き聞かせるような露寒軒の言葉に、昔聞いた言葉が重なって聞こえてきた。

——お前にやりたかったんだ。

——なら、その歌を教えてくれ。一緒に歌おう。俺も本気だ。

梨の実を差し出した時、そして、真間の井で一緒に歌を読み上げた時、颯太の口にしてくれた言葉が、おいちの心を確かに変えた。

その時の感動が、おいちの胸に再びよみがえってきた。

（あたしはやっぱり颯太が好きだ——）

美雪が夫に逃げられたと聞いた時から、おいちの心は揺れていた。もしかしたら、颯太にとって自分は置き去りにしてもかまわないほどの娘だったのではないか、と——。だが、今の想いは、そんな心の黒雲を一気に吹き払ってしまうほどの熱く激しいものであった。

露寒軒の言うことは正しい。

確かに人の心は言葉で動く。それも、格別新しい言葉を生み出す必要などない。ごくふつうに使う当たり前の言葉が、ある特別な時、特別な人に使われることによって、相手の心を動かすのだ。

「よいか。お前には確かに、人が口に出さぬ胸の内の思いを汲み取る力がある。じゃが、口に出せぬ想いの丈《たけ》は、言葉にしなければ、相手には伝わらぬ。お前に求められているのは、それをこの世でいちばんふさわしい言葉にしてやることじゃ。言葉を軽んじる者に代筆屋などは務まらない。お前も代筆屋をすると決めた以上、そのことを決して忘れてはならぬ」

「分かりました」

この時は、素直に言葉が出てきた。

よろしい――というように、露寒軒はうなずいてみせる。

「昔の人は、いや、今でもする人はいるだろうが、恋の歌を作って相手に贈った。三十一《みそひと》文字《もじ》の言葉の中に、思いのすべてをこめたのじゃ。もらう方もそれだけで、十分に相手の心を汲み取ることができた。それは、限りあるがゆえに選び抜かれた言葉だからだ」

お前もここ数日、『万葉集』の相聞歌ばかりを写してきたのであれば分かるだろう――

と言われて、おいちはゆっくりとうなずいた。

意味のよく分からぬものもあったが、まっすぐ心に迫ってくる歌も、激しい情熱が火のように燃え上がる歌も、寂しさや切なさが針のように鋭く胸を衝《つ》く歌もあった。

それらが、人の心を動かす言葉なのだと、おいちは改めて思った。

「昔の人は言霊《ことだま》を信じていた。いいや、わしも信じておる。選び抜かれた言の葉には、言霊が宿るのだとな」

露寒軒はいつになく、しみじみした声で言った。

その言葉は確かにおいちの心に沁《し》みた。自分も露寒軒と同じように言霊を信じようと思い、おいちはゆっくりうなずいた。

「ならば、お前のやることは決まっている」

露寒軒は言った。

「相手の女人と近しくなり、その心のありようを探ってみることじゃ」

「えっ、探る――?」

「相手の心が分からねば、その心を動かす言葉も選び出せまい」

おいちは唾を飲み込んだ。

自分にそんなことができるのだろうか。疑わしさと自信のなさが胸をよぎったが、この仕事をやり遂げるためには、確かにそれが最もよい方法のように思える。

おいちはゆっくりとうなずいた。

翌日、おいちは露寒軒の許しを得て、日本橋へ向かった。

大伝馬町の小津屋の店先で、しばらく様子を見る。

半刻ほどもすると、見覚えのある仁吉が風呂敷包みを手に店を出てきた。どうやら見本帖を持って、客の許へ向かうのだろう。

それを見届けると、おいちは小津屋の暖簾をくぐった。

店内にいた手代や小僧たちが声をそろえた。手の空いていた手代らしい男がにこにこと笑顔を浮かべて近付いてくる。

「いらっしゃいませ」

「どういったお品をお探しですか」

「あたしは代筆屋を営む者ですけれど、こちらの美雪お嬢さんにご相談があるのです。お嬢さんはいらっしゃいますか」

おいちはきびきびと告げた。

客なのだから、多少の頼みは聞いてもらえるだろう。無理なようだったら、自分の名を出すように――と、露寒軒からは言われている。だが、

「へえ。それでは、奥を見てまいりますので、そちらにお座りになってしばらくお待ちください」

露寒軒の名を借りるまでもなく、手代は美雪を呼びに行ってくれた。

どうやら、美雪は店にいるらしい。

おいちは手代が行ってしまうと、ほっと息を吐いた。

できるだけ平静を装ってはみたものの、実はかなり緊張していた。そもそも、江戸の大《おお》店《だな》で買物をすること自体に慣れていないのである。

（それなのに、あの美雪さんから心のありようを探り出すだなんて……）

自分には荷が重すぎると、おいちは思った。だが、

——頼みます。

そう言って頭を下げた仁吉の姿を思い出すと、ここで弱気になるわけにはいかない。

仁吉があの日、自分の想い人だと、おいちに打ち明けたのは、他ならぬ美雪なのであった——。

「ええっ！　美雪さん——？」

おいちも驚いたが、傍らで耳をそばだてていたらしい露寒軒も、目を剝《む》いていた。

どう見ても、仁吉の方がかなり年下に見える。

よく聞いてみると、仁吉は二十一歳で、美雪は五つ年上の二十六歳であった。もちろん美雪には結婚した過去があり、仁吉はずっと独り身である。

その仁吉はひと月ほど前、支配人の丹左衛門から呼び出され、美雪の婿になるように——と、申し渡されたのであった。

「私には、夢のようなお話に思えました」

と、気恥ずかしげな様子も見せず、真剣に仁吉は言った。

だが、美雪はこれを了承しなかった。

自分は一度結婚に失敗している。もう二度と結婚するつもりはないと、父の丹左衛門に

言ったらしい。

しかし、丹左衛門もその返事に納得しなかった。小津屋の江戸店のためにも、跡継ぎを作らねばならない、と——。

それに対して、美雪はさらに言い返した。

「この店は、伊勢松坂にお暮らしの旦那さまのものです。江戸店の支配人の座が世襲というわけでもなし。お父さんの後の支配人には、また松坂から新しい人を迎えればよいではありませんか」

江戸店支配人の座を、できれば子孫に受け継がせたいという丹左衛門の願いを、頭から切り捨てるような返事であった。

これには、丹左衛門も怒った。

「そんなふうだから、お前は夫に逃げられるのだ！」

娘に向かって、そんな言葉まで吐いたらしい。

丹左衛門は江戸店支配人として、また、美雪の父親として、この縁談は必ずまとめると言った。仁吉に対してもそう告げた。

「ですが、私はこのままお嬢さんの婿になるわけにはいかないと思っています」

仁吉は苦痛に満ちた表情で、おいちに言った。

「私は支配人さんに逆らえませんし、お嬢さんだって最後は支配人さんに従わざるを得ないでしょう。しかし、そんなふうに夫婦《めおと》になったところで、うまくいくとも思えません」

「それで、恋文を美雪さんに渡そう、と――?」

「はい。お嬢さんは私の気持ちをご存じありません。十一歳で奉公に上がってからずっと、私はお嬢さんを仰ぎ見てきました。高嶺《たかね》の花とはお嬢さんのことです」

仁吉の眼差しは真剣であり、同時に夢見るような熱っぽさをも宿していた。

幼い頃から、仁吉が美雪を想っていたその心の深さがそのまま伝わってくる。

（十一歳っていったら、あたしたちが出会った時の颯太と同じ齢《とし》――）

おいちが自分のことに重ねて、そう思った時であった。

「お前は、それを恋と呼ぶのか」

それまで黙っていた露寒軒が、仁吉に目を向けて尋ねた。

「高嶺の花と言われて、嬉しくない女子はおるまい。じゃが、己を高嶺の花を仰ぎ見る男を、ふつうの女子は夫にしたいとは思わぬものだぞ」

「もちろん、ただそれだけではありません」

仁吉はむきになって言った。だが、すぐに落ち着きを取り戻すと、言おうかどうしようか迷うふうな表情を見せたが、ややあって、思い切った様子で口を開いた。

「お嬢さんに憧れていたといっても、奥におられた頃のお嬢さんは遠いお人でした。私がお嬢さんをお慕いするようになったのは、若旦那さんが店に出られなくなり、お嬢さんが代わって店へ出るようになってからでした」

美雪が店へ出ることについては、小津屋の中にも迷惑そうな顔をする手代たちがいた。

女が店に出るのは、酒や料理を出す旅籠《はたご》や茶屋、さもなくば、小さな店などに限られている。小津屋のような大店で、女が商いに口を挟むことはあまりない。

「ですが、お嬢さんが店へ出るようになって、奉公人たちの目は変わりました。お嬢さんの指図はいつも正しく、理に適《かな》っていた。お嬢さんは美しい人ですが、だからといって、私どもが浮ついた気持ちになったわけではありません。お嬢さんは厳しく、いつも毅然《きぜん》としておられた。私どもはいつしか、お嬢さんに認められたいと思うようになっていったのです」

それからしばらくした頃、店を閉めてから、美雪が売れ残った紙を手に考え込んでいる姿を見かけたことがあったと、仁吉は続けた。他の奉公人たちは皆、奥へ引き取っており、たまたま人はいなかったという。

「白の薄様ですか。きれいな漉き紙ですね」

何気なく美雪の手許を見て、仁吉は話しかけた。美雪は顔を上げたが、その表情はどこか浮かぬものであった。

「そうね。でも、他の色紙に比べて、売れ行きが悪く、売れ残ってしまったのよ」

「そうなのですか」

仁吉は白の売れ行きがいちばんいいと思っていたが、実は違っていた。薄様は特別な文を書くために使う客が多く、その場合、どうせなら白い紙よりも色紙の方がいいと思うらしい。

「薄様は重ねた色使いを楽しむものですから、どんな色にでも合う白はよいと思うのですが……」

仁吉の言葉に、美雪は寂しげに微笑《ほほえ》んだ。

「薄様でなくても、白い紙は多いから、つまらなく見えてしまうのでしょう」

仁吉は改めて、美雪の手にある白の薄様に目を向けた。薄く薄く漉いた紙は、その下に置かれた美雪の手の形を写し取っている。

「でも、白の薄様はつまらなくはありません。白雪のように美しい紙です」

むきになって言った後、そのたとえが美雪の名に通じていることに気づいて、仁吉は思わず下を向いた。

美雪もそのことに気づいたらしい。

「白は冷たい雪を連想させるのかもしれないわね。だから、お客さまから嫌われるのかも……」

美雪は仁吉に聞かせるというより、独り言のように言った。

自分が雪女とあだ名されていることを、美雪も知っていたのだろう。

だが、この時、美雪の心を占めていたのは、売れない白の薄様ではなく、夫新右衛門《しんえもん》に嫌われる自分自身のことだったのではないか。そのことに思いが至った時、仁吉は初めて美雪のことを、支配人のお嬢さんでもなく、高嶺の花でもなく、一人の女人として意識した。傷つき、思い悩むこともある生身の女人として——。

「お嬢さんはかけがえのない人です。私は、お嬢さんが傷つかないようお守りしたいだけなんです。奉公人としてでもかまわない。ずっとそう思ってきましたが……」

今はそうではない――口に出して、そう言ったわけではないが、仁吉の真剣さは痛いほどに伝わってくる。

「私はお嬢さんと一緒になれれば、力を尽くしてお嬢さんをお守りします。けれど、お嬢さんがそれを望まないのであれば、たとえ支配人さんのご命令でも、一緒になるわけにはいきません。私にはお嬢さんの幸せが何より大切なんです。この思いを、どうか、よい言葉で綴《つづ》ってくれませんか」

頼みます――と最後に言って、仁吉は深々と頭を下げた。

今も、仁吉の必死の眼差しが、おいちの眼裏《まなうら》には残っている。

その真剣さをそのまま美雪にぶつければ、たとえ美雪の心が雪のように冷たくとも、溶け出すのではないか。おいちにそう思わせるほど、昨日の仁吉は必死だった。

だが、奉公人という仁吉の立場では、仮にも支配人の娘である美雪に、想いの丈を面と向かって口にすることはできないのだろう。

だから、文に想いを託すのだ。

その場で消えてしまう言葉ではなく、書き残した言の葉だからこそ、形あるものとして心に刻まれることがある。

（あたしはそれを知っている）

おいちは、いつも懐に入れて持ち歩いている颯太の文を思い浮かべた。

――わが願ひ、君が幸ひのみにて候ふ。

その言葉は「お嬢さんの幸せが何より大切」という仁吉の気持ちと同じものだ。

（あたしは、颯太から本当に大事に思われていたんだ――）

もしかして、よんどころない事情で村を去るのにかこつけ、自分は颯太から縁を切られたのではないか。美雪の噂話を聞いた時から、心の片隅に生まれていたその疑いは、もうおいちの胸の中から消えていた。

（颯太、あたしに力を貸してちょうだい）

おいちが我知らず、右手を懐に持っていった時、店先と奥を仕切る暖簾が揺れ、奥から美雪と先ほどの手代が現れた。

「あちらのお客さまです」

手代が小声で、おいちを示すように、美雪に告げる。美雪の切れ長の目がおいちに流れてきた。

おいちは縁台から立ち上がって軽く会釈した。

美雪は、この日は目も覚めるような鮮やかな山吹色の小袖を着ていた。

相変わらずきれいな人だと思いながら見ていると、美雪はゆっくりとおいちに近付いてきた。

「私にご相談がおありとか。よろしければ、奥の部屋へご案内いたしますが……」

美雪はおいちの前まで来ると、その場に正座して丁寧に尋ねた。

まずは、代筆屋の仕事のことで相談を持ちかけるつもりである。どうすれば、客を呼ぶことができるのか。そのことで悩んでいるのは事実だから、決して嘘《うそ》を吐《つ》くわけではない。

真剣に相談に乗ってくれるかどうかは分からないが、先日、紙を選ぶ際、仁吉に世話になったことを自然に話題にできるだろう。後は、頃合いを見計らって、それとなく美雪の気持ちを尋ねてみるつもりだった。

「はい、奥でお願いいたします」

最後は込み入った話になるかもしれないと思い、おいちはそう答えた。

「では、どうぞお上がりください」

美雪は言い、おいちを沓脱《くつぬ》ぎ石のある端へいざなった。おいちはそこで草履を脱いで、板の間へ上がると、そこから美雪について奥へ入った。

暖簾の奥には、部屋が五、六ばかり並んでいた。

美雪はその一つへおいちを案内すると、おいちに座布団を勧め、自らは戸口を背にして正座した。ややあって、先ほどの手代が茶を運んできた。

手代が茶を置いて下がってゆくと、茶をおいちに勧めてから、美雪は改めて口を開いた。

「ご相談とはどのようなことですか」

美雪の声は女にしては少し低い。だが、その分、ひどく落ち着いて聞こえた。

「あたしは、本郷の歌占師露寒軒さまのお宅で、代筆屋をするいちという者です」

まず、おいちは名乗った。

「先日もお店にいらしてくださいましたね。うちの手代から聞いております」

美雪はおいちの顔を見覚えていた上、さらに仁吉からくわしい事情も聞いて、覚えていてくれたらしい。

「ですが、あたしは代筆屋のことを何も分かってません。露寒軒さまが教えてくださるとしても、それ以前に、まずお客さんがまったく来ないんです。あたしが仕事で使う紙は、小津屋さんで仕入れようと思っています。それで、お客さんの集め方をお教えいただけたら、と――」

そんなことは紙屋の仕事ではない――と、断られても仕方のない申し出である。

だが、美雪はそのような態度はまったく見せなかった。

「お客さまの集め方ですか――」

と、小首をかしげるようにして、真剣に考え始めたのである。

（えっ……）

適当にかわされると思っていたおいちは、思っていたのと違って戸惑った。

――でも、先日、こちらの仁吉さんはとても丁寧に相談に乗ってくださいました。本当に、よい手代さんですね、仁吉さんは――。

そんな言葉を口にするつもりで、待ちかまえていたというのに、口に出すきっかけがつかめない。

そうするうちにも、美雪は考え込みながら、言葉を継いだ。

「そうですね。お客さま――いえ、おいちさんの場合」

他人行儀の呼び名から、おいちさん――と、美雪はわざわざ言い直して続けた。

「まだお店を始められたばかりだとか。となると、まずはお店のことをよく世間に知ってもらう必要があると思います」

仁吉から聞いていたのか、美雪は言った。

「最もよい方法は、錦絵に名入れで描いてもらったり、絵双六《えすごろく》の中に店の名を入れてもらうことなどでしょうが……」

「そんな大袈裟なことは、あたし、考えてません」

おいちは慌てて言った。

「確かに、それらは大店でなければ難しいでしょう。おいちさんの代筆屋であれば、引き札を作って配るのがよいのではないでしょうか」

「引き札……？」

「きちんとしたものは活版で刷りますが、そこまでしないでも手書きでよいと思います。小さな紙に、代筆屋を始めたこととお店の場所を書いて、皆に配るのです」

「お金を取らずに渡すのですか」

おいちは目を剝いて尋ねた。

「もちろんお金を取ってはいけません。お金がかかるとなれば、誰も受け取ってくれませんから――。こうしたことは、商いをなさる方に、当店からお勧めする方法でもあります。もちろん、紙を買っていただくためでもあるのですが、それなりに効果があるとも聞いております」

美雪はゆっくりとした口ぶりで、嚙《か》んで含めるように説明してくれた。

「これには、人が見てくれるような書き方とか、あるいは、どこでどのように配るのがよいのかなど、一種の約束事のようなものもあります。おいちさんが当店の紙で、この引き札を作るというのであれば、私がよい書き方や配り方を直《じか》にお教えしましょう」

「本当ですか？」

おいちはすっかり乗り気になって、思わず声を高くして訊き返した。その勢いのよさに、ちょっと目を瞠った美雪は、

「もちろん本当のことです」

と、口許をほころばせて答えた。

美雪の笑顔を見るのは、初めてのことである。まるで白梅がほころんだような愛らしさであった。

やはり本当にきれいな人だ。美雪のことを幼い頃からずっと慕い続けてきたという、仁吉の気持ちが、まっすぐおいちに伝わってきた。

この瞬間、おいちの心は決まった。いや、無意識のうちに決めていた。

あれこれ策を練ってきたが、そのようなことは必要ない。美雪は心をごまかしたり、適当な言い逃れをするような人ではないはずだ。おいちはこの短い間のやり取りでそう確信した。ならば、ありのままに、率直に尋ねよう。

「実はもう一つ、美雪さんにお尋ねしたいことがあるんです」

おいちは居住まいを正して切り出した。何でしょう——というように、美雪が小首をかしげてみせる。

「美雪さんはどうして、仁吉さんとの縁談を断ろうとされるのですか」

ずばり切り込むような調子で、おいちは言った。

その包み隠すところのない物言いに、さすがの美雪も一瞬、あっけにとられていた。

四

「そのご様子では、もういろいろと私のことをお聞きになっているのでしょうね」

ややあってから、口を開いた時、美雪の声はそれまでのように落ち着いたものであった。

「噂話の類《たぐ》いであれば……。でも、仁吉さんからではありません。私が仁吉さんから聞いたのは、お二人の間にあった縁談を、美雪さんが断られたということだけです」

仁吉が美雪を想っているということだけは、さすがに伏せて、おいちは悪びれずに答えた。

「そう……」

美雪は独り言のように呟いた。それから、おいちからそっと目をそらすと、

「私は春の初めに生まれたんです。だから、親は美しい春と書いて、美春《みはる》と名付けるつもりだったのだとか。後から聞きました」

美雪は、仁吉との縁談とはまったく関わりのない話を始めた。

「でも、私が生まれた日、春の雪が降っていたのだそうです。それで、親は美春という名をやめて、美雪としたのだとか。けれど、美春と付けてくれればよかったと思うのです。そうすれば、私はもっと優しい心を持つ女になって、雪女などと言われることもなかったでしょうに……」

「美雪さんは決して、雪女のように冷たい人ではないと思います！」

思わず、おいちは叫ぶように言っていた。

たった二回、店へ足を運んだだけのおいちを相手に、無理な注文を聞き、一緒に悩み、考えてくれた。こんなに誠実な人が、どうして鬼嫁や雪女などと言われなければならないのだろう。

小津屋という大店支配人の娘という立場や、美雪の美しさに対する妬《ねた》み嫉《そね》みが原因なのか。

美雪は口許に優しい笑みを浮かべて、おいちを見つめた。その微笑は先ほどと異なり、ひどく寂しげであった。

「そう言ってくれるおいちさんの気持ちは嬉しいことです。しかし、私が前の夫を苦しめ

たのも事実なのです」

　おいちはおさめから聞いた言葉を思い出していた。

――美雪さんはああ見えて、きついお人でね。まあ、噂じゃ、婿入りした旦那を、毎日のように怒鳴ったり罵ったり、喧嘩が絶えなかったんだって。

　今のおいちには、その言葉自体が疑わしく思われる。

　そもそも、この美雪が人に向かって怒鳴るなどということをするだろうか。

「苦しめたとは、どのようなことをいうのですか」

　おいちは思い切って尋ねた。

　美雪は少し躊躇っていたが、もともと自分から言い出したことだったからか、覚悟を決めた様子で語り出した。

「前の夫は、この小津屋江戸店の支配人となることを望まれていました」

　そのあたりのことは聞いていたので、おいちは黙ってうなずく。

「支配人の地位は、父から子へ受け継がれるものではありません。すべては、伊勢松坂におられる小津屋の旦那さまのお心次第。ただし、私の父は旦那さまの血縁ですから、父が自分の婿を江戸店支配人に――と申し出れば、聞き届けられる見込みも高いのです。無論、本人にその力量がなければならないのは道理。そこで、私の父は前の夫――新右衛門さんに、早く仕事を覚え、一人前になるよう命じました。新右衛門さんもそのつもりでうちへ婿入りしたのですから、苦労を厭《いと》わず働いてくれました。だから、私は新右衛門さんを支える。

美雪はそこまで語った後、いったん口を閉ざした。おいちは口を挟まずに聞き入っている。

「私は自分も店の仕事を覚えることで、新右衛門さんを支えようとしたのです」

美雪はそれだけ一気に言うと、目を伏せてしまった。まるで悔いてでもいるかのような様子であった。

「そのことが、新右衛門さんを追い詰めてしまったのに……。当時の私は、そのことに気づけなかった……」

不意に、美雪は顔を上げると、昂《たか》ぶった声で叫ぶように言った。

このような声を出すこともあるのだと、おいちは少し驚いた。

だが、美雪の何が新右衛門を追い詰めたのか、おいちには分からなかった。そんなおいちの内心を察したのか、美雪は再び語り出した。

「新右衛門さんは紙屋のことをまるで知らずにうちへ来た人です。それに引き換え、私は紙のことにくわしかった。店の手代も小僧たちも皆、私が店へ出るようになると、指図を私に求めるようになりました。私は新右衛門さんを助けるためと思って、仕事に打ち込みました。それが、新右衛門さんの面目を失わせることになってしまったのです」

「どうして、美雪さんが仕事に打ち込むことが、新右衛門さんに面目を失わせることになるのですか」

おいちが問うと、美雪は先ほどと同じ寂しげな微笑を湛《たた》えて、おいちを見た。

「小津屋のような店では、表の仕事は男の人の領分です。そして、男の人には矜持《きょうじ》というものがあります」

分かるような気もするが、やはりよく分からない。首をかしげているおいちに、

「簡単に申せば、男子が女子に喧嘩で負ければ、面目が立たないでしょう。それと同じことです」

と、美雪は説明を続けた。

「確かに子供の頃はそういうこともあります。けれど、新右衛門さんも美雪さんも大人ではありませんか」

「そういうところは、大人になっても変わらぬものなのでしょう。いいえ、子供のように泣き喚《わめ》いたり、相手を殴りつけたりできぬ分だけ、余計に始末が悪いのです」

新右衛門は自分が仕事の面で劣っていることを、日々見せつけられて、塞ぐようになっていった。仕事も面白くなくなっていったのだろう。そうなれば、余計に手代らの信用をなくしてしまう。

一方、美雪はそんな夫の穴埋めをしようと、ますます一生懸命仕事に打ち込んだ。

「新右衛門さんは、決して不真面目な人ではありませんでした。目を瞠るような才覚はなかったかもしれませんが、ふつうに店を切り盛りしていける人でした。それなのに、私と父の二人が新右衛門さんの人生をつぶしてしまったのです」

「でも、それは美雪さんが悪いわけでは……」

新右衛門も気の毒だが、美雪だけが悪者にされ、罪の意識にさいなまれるのも、おいちには気の毒に思えた。だが、

「いいえ、私が悪かったのです。私には店の仕事から手を引くこともできた。けれど、私にも欲が生まれていました。女でも男の人と同じように働けることを世に示したい。私は、そんな欲にとらわれてしまったのです」

と、美雪は断固として言った。悪いのは自分だと、無理に思い込もうとしているような口ぶりであった。

「美雪さん……」

「私は仕事が面白く楽しかった。店の奥に引っ込んで、夫を待つだけの暮らしには戻りたくなかったのです。私は己の欲のために、夫の苦しみを見て見ぬ振りをした。いいえ、むしろ男の新右衛門さんよりも、手代や小僧たちから頼られる自分に酔っていました。これが、私の罪なのです」

「それが、仁吉さんと夫婦にならない理由なんですか」

おいちは美雪の言葉に畳み掛けるようにして尋ねた。

「えっ……」

「あたしは、どうして美雪さんが仁吉さんとの縁談を断ったのか、その理由をお尋ねしただけです」

切り込むようなおいちの口ぶりに、美雪はやや圧倒されたような表情を浮かべた。それでも、しばらくして落ち着きを取り戻すと、

「そうです」

と、きっぱり答えた。

「私は欲深な女です。ならば、これからはいっそ、この欲に殉じてみようと思っています。女ながら、どこまで紙商人《かみあきんど》として仕事を成せるか、世に示してみたい。この欲と共にある限り、私が再び夫を持っても、同じことが起きるだけです」

「そんなことは分からないのではありませんか。これから美雪さんの夫になる人は、仁吉さんであって、新右衛門さんではないのですから――」

美雪は力なく首を横に振った。

「同じです。仁吉もまた、小津屋の江戸店支配人になるという大きな重石《おもし》に苦しむことになるでしょう」

「仁吉さんは紙屋の手代だった人です。紙商人としての仕事をよく弁《わきま》えているのではありませんか」

おいちは必死に言った。

だが、美雪の表情は少しも明るくならない。もう断じて再婚はしないという頑《かたく》なな気持ちが根を張っていて、誰が何を言っても、美雪の耳に届くことはないようだった。

「知っていますか。手代や小僧たちが、仁吉のことをどう言っているか。きっと婿になっ

ても、また新右衛門さんみたいに鬼嫁に店を追い出されるだけだって。なまじっか仕事ができるだけに、婿に選ばれてしまって気の毒なことだ、と――」

「そんな……。美雪さんみたいなきれいな人の婿になれるなんて、うらやましがられて当たり前なのに……」

「そんなことはありません。私の婿になる人は気の毒な人です」

「それじゃあ、美雪さんは仁吉さんが嫌いなわけじゃないのですね」

おいちが尋ねると、美雪は虚を衝《つ》かれたような表情を浮かべた。

「嫌いも何も……。私は、仁吉と夫婦になるつもりはないのですから――」

「そうではなくて、仁吉さんを嫌いかどうか、お尋ねしているのです」

「仁吉は幼い頃からずっと、小津屋で一緒に過ごしてきた身内のような者です。嫌う道理が……」

「じゃあ、仁吉さんを大切に思うために、縁談をお断りしたということなんですね」

おいちがさらに踏み込んで尋ねると、美雪は困惑した表情を見せた。

「大切にって……。その、弟を思うような意味であれば、確かに大切に思ってはいますが……」

「ありがとうございました！」

おいちは話を打ち切るように言った。

（美雪さんはやっぱり、鬼嫁でも雪女でもなかった）

口に出しては言わないが、おいちは心の中で強くそう思っていた。

「先ほどの引き札の件については、露寒軒さまにお許しを得た上で、またご相談に上がります。美雪さんのお助けがあれば、きっとうまくいきます。あたしを助けてください」

おいちはそれだけ言うと、美雪の前に深々と頭を下げた。

「えっ、ええ、はい。それはもう――」

美雪はどんな言葉を返せばよいのか、戸惑いながら返事をする。その時にはもう、おいちはさっさと立ち上がっていた。

美雪はさすがに紙屋の娘で、すぐに表情を引き締めると、おいちより先に戸口へ行き、戸を開けた。

おいちを先に通してから、美雪がその後を見送りのために追ってくる。

(待っていてください、美雪さん)

おいちは草履を履き終えると、美雪をじっと見つめて心の中で呼びかけた。

(あたし、どうしても美雪さんに幸せになってほしいんです)

美雪は、自分が責められているように思ったのか、慎ましく目を伏せると、

「ありがとうございました。今後ともご贔屓に――」

と、買物をしてもいないおいちに、丁重に頭を下げた。

「また、必ず来ます」

おいちは明るい声で言うと、手代や小僧らの挨拶を背に、小津屋を後にした。

その日、夕食が終わり、おさめが膳を片付けてしまうと、おいちは露寒軒の前に居住まいを正して正座した。

「露寒軒さまにお話があります」

おいちは小津屋でのやり取りについて、大まかな報告をした。

引き札の件についても、話はしたが、それについては後回しにして、

「仁吉さんからの依頼の恋文を書こうと思います」

と、おいちは告げた。

「ほう。何を書くか決まったのか」

露寒軒がおいちを試すように言う。

「はい」

おいちはしっかりとうなずいた。

「美雪さんは自分を欲深い人間だと思い決め、苦しんでおられます。だから、その心を和らげるような言葉が欲しいのです。また、美雪さんのお名前のもとになったという、春の雪の優しさと美しさを言葉にして、伝えたらいいと思うんです。美雪さんのお名前の由来については、仁吉さんから聞いたことですから――」

「ふうむ……」

露寒軒は唸るように言った。が、めずらしく、余計な口は叩《たた》かないで、おいちの言葉を

待っている。

「けれど、あたしには気の利いた文章なんて書けません。だから、露寒軒さまに書いていただきたいんです。今の話をもとに、仁吉さんの恋文の文案を書いていただけないでしょうか」

お願いします――と最後に付け加えて、おいちはその場に頭を下げた。

露寒軒はしばらくの間、無言であったが、

「まあ、それが今のお前の精一杯であろうな」

と、納得した様子で呟いた。おいちが顔を上げると、

「仕方あるまい。わしの力を借りたいと、お前が泣いてすがるのであれば、わしとしても見捨てるわけにはいくまい」

露寒軒はまんざらでもない様子で言う。

「別に、泣いてすがってはいませんけど……」

「では、明日の朝までに文案を練っておくとしようかの」

おいちの呟きをまったく無視して話を収めると、露寒軒は下がれというように手を振ってみせる。

どんな文になるのか。たった一晩で、本当に書き上げられるのか。美雪や仁吉について、伝え切れていないことがあるのではないか。

気がかりな思いは残るものの、それ以上、残るわけにもいかない。おいちは露寒軒の邪

魔をしないように、静かにそっと部屋を出て行った。

五

十年前の春まだ浅い頃――。

朝から冷え込んだその日は、昼過ぎになって雪が降り始めた。

小津屋への奉公に出たばかりの小僧仁吉は、まだ仕事に慣れず、心許ない気持ちで日々を過ごしていた。

仁吉の仕事は、まず奥の掃除である。それで鍛えられた後は店の掃除、それから、商いに関わる仕事をもらうようになる。商いの品物である紙に触らせてもらえるのは、まだまだ先のことであった。

仁吉は奥の廊下の水拭きをさせられていた。

どれほど寒い日であろうと、仕事に手抜きは許されない。

廊下を端から端まで一拭きして、雑巾を洗った時にはもう、手は寒さで赤くなっていた。指の先は寒さも痛みもあまり感じなくなっている。

仁吉は赤くなった指に、はあっと息を吹きかけた。白い息がまるで凍りつきそうなほどに寒い。

そうしていると、不意に目の前に、白と薄紅色の何かが現れた。

驚いて顔を上げると、ずいぶん大人びて見える美しい娘が立っていた。

「お前、新しく来た子ね」

娘は少し低めの声で尋ねた。

薄紅色は娘の小袖の地の色で、そこには白梅が文様として描き出されていた。

春の女神か雪の精か――。少なくとも、仁吉の目には現し世《うつよ》の娘とは見えなかった。

「名前は何ていうの」

白梅の小袖を着た娘は、その場にしゃがみ込むと、仁吉と同じ目の高さになって尋ねた。

美しい娘を目の前にして、仁吉ははっと我に返った。娘の口から漏れる白い息が、彼女が女神ではなく、生身の人間だということを示していた。

「に……にきち――といいます」

仁吉はもつれる舌で必死に答えた。

「仁吉というのね。私は美雪です」

娘は自ら名乗った。それから、

「小さいのに大変ね」

と言うと、仁吉の赤くなったしもやけの指をそっと両手で握った。

美雪の手は温かかった。

美雪の指は白くほっそりとして美しい。仁吉は自分のしもやけだらけの手が恥ずかしくてならなかった。

指先ばかりでなく、腹の奥の方までがほんのりと熱くなってくる。

「私が生まれたのは、こんな雪の降る春の日だったんですって。だから、美雪というのよ」

美雪は仁吉の指を握ったまま、そう続けて言った。

その言葉を聞いた途端、この日の寒さの源である雪を、忌まわしく思う気持ちがすっかり消えた。

寒さももうほとんど感じられなくなっていた。

(きれいで……優しいお嬢さんだな)

美雪という名前が、漢字で美しい雪と書くことを知ったのは、もっとずっと後のことだ。

(お嬢さんにぴったりの名前だ)

仁吉はその時、そう思った。

その後もずっと、雪はいつでも、仁吉にとって、清らかで美しい美雪の化身のように見え続けていた。

文の代筆を頼んでから約束の三日後、仁吉は露寒軒の店で確かに恋文を受け取った。

「代筆を――とのことでしたので、私が書きましたけれど、女の筆跡であることは明らかですから、ご自分で書き直したければ、そのようにしてください」

おいちはそう言い添えた。

仁吉は代筆を頼んだとはいっても、主に文面を考えてほしかったのである。だから、自分で書き直してもよいのだが、美雪が読めば、誰かに代筆してもらったことはすぐに知れてしまうだろう。

そもそも、これは露寒軒が作った文案だという。

ならば、いっそすべてを正直に打ち明けてしまった方がいい。その上で、このまま文を美雪に渡そうと、仁吉は心を決めた。

その日が暮れて店を閉めてから、仁吉は奥へ引き取ろうとする美雪を呼び止めた。

「お嬢さん、少しお話があるのですが……」

美雪は承知し、先日、おいちが通された客用の部屋を使うことにした。

「これをお読みください」

仁吉は美雪と向かい合って座ると、懐から文を取り出して畳の上に置いた。それは、包み紙に包まれたものではなく、折り畳んで結んだ結び文であった。

「これは……？」

美雪は文を手に取ろうとはせず、仁吉に尋ねた。

「戸田露寒軒さまの所で、代筆屋をしているおいちさんに書いてもらったものです」

「ああ、あのきびきびした可愛らしい娘さんね」

美雪はうなずきつつも、腑《ふ》に落ちぬ顔つきをしている。

「私に宛《あ》てた文なのですか」

「はい――」

仁吉は生真面目に答えた。

「お嬢さんにはご無礼だったかもしれませんが、私はおいちさんに、私の想いをすべて話しました。それで、おいちさんにこの文を書いてもらったのです」

「どうして、代筆してもらったことを話してしまうのですか。黙っていれば、分からなかったかもしれないのに……」

「どうせ、私が書いたものではないと、すぐに知れてしまいます。筆跡ばかりでなく、書かれてある言葉も、とうてい私の頭では生み出せないものですから――。ですが」

仁吉はそこで声に力をこめて言った。

「私はここに書いてもらった言葉を聞いて、ああ、これはまさに私がお嬢さんに言いたかったことだと、感じ入りました。言葉にできなかった私の想いを、おいちさんと露寒軒さまが確かな言の葉にしてくれたのです。だから、お嬢さん。お嫌でも目だけは通してください。私を婿にしたくないというのなら、それでかまいません。私に小津屋を出て行けとおっしゃるなら、そういたします。でも、その前に――。せめてこの文にだけは、目を通していただきたいのです。お願いします、この通りです」

仁吉は一気に言うと、最後にその場にがばっと頭を下げた。額を畳の上に擦り付けるようにして、必死にお願いしますとくり返している。

それまで躊躇いがちだった美雪の手が、恐るおそるとでもいうような仕草で、差し出された文に触れた。

結び文を開くと、二重重ねになった紙が目に入った。表が白、裏が薄い紅色の薄様である。

もちろん、小津屋で売っている薄様であった。

美雪は息をつめて、白い薄様に書かれた文字に目をやった。

ほっそりとした流麗な達筆で書かれている。

「今さらに御文まゐらせ候は、不可思議と思ひあそばし候。しかれども、昼はおもかげ、夜は夢、思へば思へばやるせなく、なほも思ひのます鏡、御身を焦がれ暮らし候。身の程を知らぬ懸想ははづかしく候へども、恋に上下はなきものとおぼしめし、よしや情けは薄しとも、ご返事ひとへに願い上げまゐらせ候」

――今さらお便りを差し上げるなんて、おかしなことだとお思いでしょう。けれども、昼間はお嬢さんの面影が立ち、夜にはお嬢さんの夢を見て……。お嬢さんのことを思えばやるせなく、想いはただただ増すばかり。お嬢さんを思い焦がれております。身の程をわきまえぬ恋を打ち明けるのは恥ずかしいことですが、恋には身分や立場、年齢の上下はないもの。そうお思いになって、よしんば私を愛しておられなくても、この便りへのご返事をひたすらお願い申し上げます。

文章も流れるばかりで、露寒軒ならばさもあろうという見事な恋文に仕上がっている。

だが、知識のある者ならば、誰でも書きそうなこの文章に、美雪の心は動かなかった。

美雪の目つきが変わったのは、紙を糊付《のりづ》けして継ぎ足した二枚目を読み進めた時である。


降る雪も欲も積もりて道なくは　埋もれぬ標《しるし》に我はなりなむ

――降る雪と人の欲は積もり積もれば、道がなくなる。でも、進むべき道が分からなくなったとしても、道標《みちしるべ》は埋もれません。私がお嬢さんの道標になりましょう。

そして、もう一首――。


にごりたる沼埋め尽くす白雪を　思ひそめにし名残りの春に

――濁っている沼を、清らかな白雪が埋め尽くしてしまう。そんな白雪が冬の名残りのように降る初春から、私はあなたのことを想い始めてしまいました。

美雪は息をするのも忘れて、この二首の歌に見入っていた。先に綴られた文章のような技巧はない。歌という形式の中に閉じ込められているというのに、想いがまっすぐそのまま伝わってくる言の葉――。

美雪の心はいつの間にか、真っ白な雪景色に飛んでいた。初めて仁吉と出会った時の春の雪景色に――。

仁吉はいつの間にか顔を上げ、じっと美雪を見つめていた。

もうこれ以上言うべき言葉は何もない。これだけ言えば事足りる。仁吉の表情は晴れ晴れとしていた。

「仁吉……。どうして――」

美雪の声は震えていた。

「これが、私の想いのすべてです。だから、お嬢さん」

仁吉の口許に、寂しげな微笑が浮かんだ。

「受け容《い》れていただけなければ、私は小津屋を出て行きます。縁談の壊れた私がお傍にいてはご迷惑でしょうから――」

仁吉はゆっくりと言って、再び頭を下げた。

それは、辞去の挨拶のようであった。

美雪は唇を震わせている。だが、言葉は出てこなかった。

仁吉はいったん下げた頭をゆっくりと上げる。それでも、美雪の返事がないのを確かめると、もはや美雪とは目を合わせようとはせず、想いを振り切るように潔く腰を上げた。

膝を立て、仁吉が立ち上がろうとしたその時――。

「……行かないで！」

美雪の口から、突然、切ない悲鳴のような声が飛び出してきた。美雪自身、自分の言葉に驚いているようであった。

「行かないで……ください。仁吉」

美雪の左手が仁吉の小袖の裾をつかんでいた。白く細いその指を見つめたまま、仁吉は棒立ちになっていた。

「お嬢さん……」

「……返事は、少しだけ待ってください。この文の返事は必ず、必ずしますから」

うつむいたまま、美雪はささやくように言った。

「分かりました」

仁吉は優しい声で言い、少し躊躇いつつも腰を屈《かが》めて、裾をつかむ美雪の左手にそっと触れた。美雪の手はまだ離れない。仁吉は両手で、美雪の手を包み込んだ。

遠い昔、美雪がそうしてくれたように――。

今、温かい仁吉の手に包まれて、強張っていた美雪の指は小袖の裾から、そっと離れた。

六

三年前の春のこと――。

美雪が店の仕事に携わるようになり、夫の新右衛門が店には姿を見せなくなってしばらくした頃、店で白の薄様が売れ残ったことがあった。

それを手にしながら、どう売りさばいたものか思案していた美雪に、声をかけてきたの

が仁吉だった。白の薄様を見て、

「白雪のように美しい紙です」

と仁吉から言われた時、美雪には売れ残った薄様が自分のように思えた。

美雪の名前の由来を、小津屋の者ならたいてい知っている。もちろん、仁吉には深い意味はなかったのだろう。ただ白の薄様の美しさを言いたかっただけで、売れ残った紙を美雪にたとえるつもりはなかったはずだ。それでも、

（夫から、顧みられぬ私と同じ——）

そんな物思いにふけってしまうのを止めることはできなかった。

仁吉も、美雪の内心に感づいたようであった。ことさら、明るい声を出して、

「お嬢さん、この薄様をどうにか工夫して売りさばきましょう」

と、言い出したのである。

「私も、それを思案していたのだけれど……」

美雪が言うと、仁吉は少し頭をめぐらした後、

「こういうのはいかがでしょう」

と、自分の意見を述べ始めた。

「白の薄様と別の色の薄様を組み合わせて、こちらで名前をつけるのです。たとえば、白と薄紅で『桜襲《さくらがさね》』、白と紫で『藤襲《ふじがさね》』、白と白で『氷襲《こおりがさね》』などというように——」

「その組み合わせを買ってもらうのですね」

面白い意見だった。商いをする者の勘で、これはうまくいくに違いないと、美雪は思った。先ほどの憂いも忘れ、美雪はこの新しい商いに心を奪われた。

「値は、少し下げた方がよいでしょうね。他にも、いろいろな組み合わせを考えてちょうだい」

それから、時が経つのも忘れて、美雪と仁吉はどうやって薄様を売るか、互いの考えを語り続けた。話が一段落した時、

「お嬢さんは、どの組み合わせがお好きなのですか」

と、仁吉が尋ねた。

「私は……白と薄紅の組み合わせが、春らしくて品もあって、いいと思うわ」

そう答えた後、美雪は仁吉はどの色が好きなのかと訊き返した。

「私ですか」

美雪から尋ねられることなどないと思っていたのか、仁吉はやや驚いた表情を浮かべたが、それから少しはにかみながら答えた。

「私は……白と白の組み合わせが好きです。汚れを知らない真っ白な色が……」

美雪を見つめる仁吉の目は、美しい雪原を前にした時のようにまぶしげに細められていた。

美雪に文を託してから五日が過ぎた日、仁吉は小津屋の番頭である嘉助《かすけ》から呼ばれた。

「お嬢さんからのお指図だ。これを読んだら、本郷の戸田さま宅へ出向くようにとのこと。すぐに仕度をして行きなさい」

嘉助が差し出したのは、丈夫な美濃紙《みのがみ》に包まれた文と思われるものであった。上下が折り畳まれた包み紙であるが、宛名は書かれていない。

「戸田さまのお宅に――？」

言われるまま受け取った仁吉の脳裡《のうり》に、これはお嬢さんからの返事なのかもしれないという考えがふっと浮かんだ。

だが、どうして露寒軒の家へ行かねばならないのか、それが分からない。

仁吉は嘉助から渡された文を持って、いったん店の奥の部屋へ上がり、一人になると包み紙を開いた。中から現れたのは、白い薄様を二枚重ねたもの――。

かつて、仁吉が『氷襲』と名付け、売り上げを伸ばした白の薄様であった。

（お嬢さん――）

仁吉はもどかしい思いで、文を開いた。だが、扱い慣れた紙だというのに、どういうわけか、うまく開くことができない。震える手でどうにか文を開けてみると、見覚えのある筆跡が目に飛び込んできた。

（これは、おいちさんの――）

「御約束のご返事、まゐらせ候。お前さまのお情けの深さ、身にしみて候。かまへてかまへて、小津屋を去ることあるまじく候。心弱き女子の身なれば、かじ取りをあやまつこともあるべく候。くれぐれも正しく導きたまはりたく、心よりお願ひ申し候。めでたくかしく」

——お約束のご返事を差し上げます。私を想ってくれる仁吉の想いの深さは、身に沁みております。どうか、決して小津屋を去らないでください。私は心の弱い女ですから、店のかじ取りを誤ることもあるでしょう。どうか、あなたがくれぐれも私を正しく導いてください。どうか——。

文を読み終えるなり、仁吉は部屋を飛び出した。店先の手代や小僧たちから、何事かという目を向けられたのにも気づかぬまま、店を出て本郷へとひた走った。

やがて、坂を駆け上り、梨の木が見えた家の前で足を止める。息を整える間も惜しんで、

「戸田さまっ！」

と、かすれた声で叫びながら、仁吉は返事も待たずに戸を開けた。

「お待ちしてましたっ」

待ちかまえていたように、奥からおいちが駆け出してくる。

「こちらへ——。奥のお部屋で美雪さんがお待ちです」

「お嬢さんがここに——？」

「はい。今朝、こちらへ代筆を頼みにいらっしゃって、そのままずっと――」

おいちは仁吉を奥へ案内しながら答えた。

「あたしが、御文を書いて小津屋さんへお届けしたんです。美雪さんはずっと仁吉さんを待っていらっしゃったんですよ」

いつも露寒軒とおいちが使う座敷から、一部屋挟んだ奥の部屋の戸を、おいちは開けた。

「……お嬢さん」

六畳ほどの部屋に、一人で横向きに座っている美雪の姿を見て、仁吉は声を震わせた。

振り返った美雪の白い顔が、いつになく強張り、どこか頼りなげにも見える。

「どうぞ」

仁吉がぎこちない足取りで中へ入ると、後ろで戸は静かに閉められた。

「お嬢さん、文を読ませてもらいました」

仁吉は戸の近くに座ると、息を整えて口を開いた。

美雪は体ごと仁吉の方へ向き直って、まっすぐ仁吉を見つめた。

「小津屋には……仁吉が必要です」

だが、仁吉の表情に喜びの色は浮かばなかった。

「小津屋にだけ……ですか」

仁吉の声が寂しげに震えている。

「御文にはお店《たな》のことしか書かれていません。小津屋を支えてほしいというお嬢さんのお気持ちは十分に分かりました。ですが、あの御文に、私のことは何一つ――」

「私がおいちさんにそう頼んだのです」

口ごもってしまった仁吉の後を受けて、美雪が口を開いた。

「仁吉が店を去ると言った時、あなたを失うことは耐えられないと思いました。でも、私にとっていちばん大事なのは、小津屋でも私自身でもなく、あなたの才です。私は、あなたの才をつぶしたくない……。私はあなたを――仁吉を大切に想っています」

「お嬢さん――」

「でも、これを恋と呼ぶのかどうか、私には分からなかった。だから、私は戸田さまとおいちさんを前に、正直にそう打ち明けたのです。そうしたら、戸田さまが歌占で見てやろうとおっしゃるので、言われるまま歌を引きました」

「それは……どんな歌だったのですか」

仁吉がかすれた声で尋ねると、美雪は深呼吸してからその歌を口ずさんだ。


由良の門《と》を渡る舟人舵《かじ》をたえ　行方も知らぬ恋の道かな

凛《りん》とした響きを持つ美雪の細い声を、仁吉は黙ってじっと聞いた。それは、『小倉百人一首』にもある歌であった。

「舵をなくした舟のように、行方の分からぬのが恋の道。まさか自分がこの人を――そう思った時には、それはもう恋なのだ、と――」

美雪はそう言うと、膝を進め、仁吉の手をそっと取った。初めて出会った雪の日のように、仁吉の手を両手でそっと包み込む。

「自分の想いさえ、自分では分からない私です。仁吉がいなければ……私は、道に迷ってしまうでしょう」

美雪の声はわななくように震えていた。それに続けて、

「私を、支えてください――」

込み上げるものをこらえる様子で一気に言うと、美雪の手に力がこもる。その手を仁吉は強く握り返した。

「……お嬢さんを、ずっとお守りします」

美雪の肩が小刻みに震えている。仁吉はもう一方の手をそっとその肩に置いた。肩の震えと温もりが、仁吉の指先に伝わってくる。

仁吉は美雪の肩をそっと引き寄せた。


その頃、一部屋離れた、いつもの客用の座敷では、露寒軒とおいちとおさめが顔をそろえて座っていた。

今日はもう歌占の客も、代筆の客も取らないと、露寒軒が言うので、店の前には休業の貼り紙がされている。

「互いを思いやる心って、傍《はた》で見ているだけでも、胸が熱くなるものですね」

おいちは露寒軒やおさめに聞かせるでもなく、独り言のように呟いた。

「ほんとにねえ。噂なんて、まったく当てにならないね。美雪さんは姿かたちがきれいなだけじゃなくて、心根の本当に優しい人だよ。自分の幸せよりも前に、愛しい男の才をつぶしたくないなんてさ」

おさめはすっかり美雪に心を寄せてしまったようだ。

これから仁吉が傍らに寄り添うようになれば、美雪を雪女などと呼ぶ者もいなくなるだろうと、おいちは嬉しくなる。

「でもさ」

おさめはふと表情を改めると、おいちの方を向いて続けた。

「颯太さんも同じなんじゃないかと、あたしは思うよ」

「えっ……」

思いがけないことを言われて、おいちの表情は強張った。

「だから、誰よりもおいちさんのことを考えてたってこと。おいちさんはそうじゃなかったのかい？」

自分のことよりも、相手のことを思いやる心――自分はそうだったろうかと、おいちは自問した。

（あたしは、置いて行かれたことを悲しんでばかりで……。それって、自分のことしか考えてなかったってこと――？）

　颯太が今、どんな気持ちでいるか、考えたことさえなかった。

（あたしは……）

　つと心が暗い方へ行きかけた時、

「考える暇はたっぷりとある。真間手児奈の怒りが収まるまでたっぷりとな」

　それまで黙っていた露寒軒が、おいちの心の曇りを見透かしたように、そう言った。

　この時、おいちは露寒軒の言葉を素直に聞いた。

　本当にその通りだと思った。自分はもっと颯太の気持ちを汲み取れるようにならなければいけない。

（美雪さんと仁吉さんのように、相手を思いやれるようにならなければ――）

　その時はきっと、真間村にいた時とは違った自分になって、颯太の前に立つことができるのではないか。

（いつか必ず――）

　おいちはそう思い、小袖の衿元を上からそっと押さえた。懐には颯太の文と露寒軒のお札がしっかりと収められている。

　その時、胸の奥から、温かいものがじんわりと込み上げてきた。

第四話　ま幸《さき》くあらば

一

「それじゃあ、幸松《こうまつ》。間違いのないように頼むよ」

「へえ」

「お代はその場でお支払いくださることになってるからね。ちゃんと受け取ってくるんだよ」

「へえ、分かってます！」

幸松は勢いよく返事をすると、日本橋大伝馬町のあずさ屋から飛び出して行った。

あずさ屋は筆を商う店である。

この日は、注文のあったお客の許《もと》へ、大小二本の筆を届けに行くところだった。

あずさ屋と通りを隔てた向こう側には、紙商の大店《おおだな》小津屋が店をかまえている。その店先に、幸松は見知った顔を見つけた。同時に、相手も幸松に気づいたらしく、幸松と目が合った。

「おや、幸松。店のお使いかね」

小津屋の手代仁吉が、声を張り上げて尋ねた。その声はいつもよりも明るく弾んでいる。

「へえ、仁吉さん。駿河台《するがだい》まで行ってきます」

幸松は足踏みしながら答えた。

紙屋と筆屋は、共に筆記具を扱うため、付き合いもある。共通の得意客も多い。そのため、仁吉はあずさ屋の小僧幸松のことも気にかけており、顔を合わせれば必ず声をかけるのだった。

気配りに長《た》けた仁吉は客の評判もよい上に、商いの才にも恵まれている。その働きと才を支配人に認められ、一人娘美雪との縁談が進められていたが、この度、無事に美雪の心を得て、近くその婿になることが決まっていた。

「駿河台といえば、水沢さまかい。それとも、村下さまかね？」

仁吉は駿河台に屋敷をかまえる旗本の名を挙げて、さらに幸松に尋ねた。いずれも、両店の得意先である。

「水沢さまです！」

幸松は大きな声で返事をすると、ぺこりと頭を下げ、再び駆け出して行った。

「水沢さまのお屋敷なら、ちょうどうちもご注文の品を届けに……」

仁吉がそう言いかけた時にはもう、幸松の小さな背中はもう道の向こうまで行ってしまっている。仁吉の声も届いていないらしく、幸松が振り返ることはなかった。

幸松は今年で十歳になる。去年の半ば頃から、一人での使いを任されるようになり、一度も間違いはない。今では、店の番頭や手代たちも、幸松を安心して客の許へ行かせるようになった。

ただし、武家屋敷へ使いに出るのは、この日が初めてである。

店の番頭が、間違いのないようにと念押ししたのも、幸松がいつもより少しばかり気負っているのも、そのためだった。

駿河台の水沢家の場所は、前に番頭の供をした時に教えられていたし、頭にも入っている。

幸松は時折、走る速度が遅くなることはあったが、休みもせず、ひたすら走り続けて水沢家の屋敷の前にたどり着いた。屋敷の門は階段を上った先にある。

幸松は階段の下で、息を整えるために足を止め、階段を見上げた。段の数は三十ばかりもあるだろうか。

到着直後は息切れがしたが、しばらく休んでいると、再び足に力が入り始めた。

「よおし！」

気を取り直すと、幸松は勢いよく階段を上り始めた。

（あと五段……二段、一段！）

下ばかりを見つめながら上り続けてきた幸松は、階段を上り切ったところで、ようやく顔を上げた。目の前に広大な屋敷の門前がぱあっと開けるかと思いきや、

「お屋敷に御用かね」

幸松の前にふさがっていたのは、二十代半ばほどの男であった。丈の短い小袖を尻端折《しりはしょ》りにした中間《ちゅうげん》の格好をしている。髷《まげ》が少しほつれていて、武家屋敷の奉公人にしては少しだらしなく見えたが、それ以外はきちんとしていた。

「へ、へえ。大伝馬町のあずさ屋のもんです」

　幸松は即座に答えた。とっさに、懐の中の筆を着物の上から押さえたが、商いの品は無事であった。

「そうかい。待っていたんだよ」

　中間の男は幸松の方に手を差し出した。幸松は懐の中から、油紙に包んだ二本の筆を丁寧に取り出し、男に渡した。

「それじゃあ、ここで待っていておくんなさい。これを奥へお届けして、お代を受け取ってくるからね」

「へえ、お願いします」

　幸松は丁寧に頭を下げた。

　渡すべきものを渡してしまうと、肩の荷を下ろしたような気分になった。ほっとすると、一気に額の汗が噴き出してきた。幸松は懐から手拭いを取り出し、それで額を拭った。

　高台の上で見上げる空は、いつもよりも近くに見える気がする。どこからか、ほのかに色づいた桜の花びらが風に乗って運ばれてきた。

同じ頃、本郷の露寒軒の家では、おいちが客待ちをしていた。代筆屋を始めてひと月ほどが過ぎたが、小津屋の手代仁吉と美雪以外には、まだ一人の客も来ない。

一方、露寒軒の歌占《うたうら》の方は、客の途絶えることがない。もっとも客のほとんどは若い娘たちである。

そんな露寒軒の店に、二月下旬のある日、身なりのさっぱりとした三十代ばかりの男が現れた。男の客はめずらしいと思いながら、おいちが出迎えると、

「先生、ご無沙汰《ぶさた》しております」

男はいきなり、露寒軒の前に正座して手をついた。

「おお、扶《たすく》か」

露寒軒も目尻を下げて、頬を緩めている。

「この者はわしの弟子でな。今はある武家屋敷に奉公に出ている」

露寒軒は扶をおいちに紹介した。

「いちといいます。露寒軒さまの許《もと》で代筆をしております」

おいちも頭を下げて挨拶を返す。

「ははあ、代筆を――」

師匠の悪筆を知っているからだろう。扶は納得したふうに言い、それから慌ててごまかすように目をそらした。

「ところで、先生」

扶が膝を進めるようにして、露寒軒に切り出した。

「あちらの主人が、昨年、駒込《こまごめ》の下屋敷を拝領した件をお話ししましたが、覚えておいででしょうか」

「ふむ。覚えておる」

露寒軒は憎々しげな口ぶりで、吐き捨てるように言った。

「どうやらあちらでは、その拝領した駒込の下屋敷を大々的に改築するつもりらしいのです」

「ふんっ！」

露寒軒はもうろくに返事もしない。聞いただけで耳が汚れたとでもいうかのように、耳に指を入れてかき回すような真似《まね》をしている。

「その改築が問題なのです」

「ふんっ、金が余っておるのじゃろう。あやつが金をどれだけかけて何をしようが、わしの知ったことではないわ」

「ですが、その改築の方針は、先生にも無縁なお話ではありません。あちらは、『古今和歌集《こきんわかしゅう》仮名序《かなじょ》』で紀貫之《きのつらゆき》が述べている六義《むくさ》を、目に見える形として庭園に現そうとしているのです」

「何だと！　六義をだと――」

露寒軒が目を剝《む》いて、腰を浮かした。

（むくさ――？）

おいちには何のことかまるで分からない。が、その時の雰囲気はとうてい言葉を差し挟めるようなものではなかった。

「あちらの主人は『古今伝授《こきんでんじゅ》』を受け継ごうと企み、自ら敷島《しきしま》の道《みち》（歌道）の第一人者を名乗る所存。ゆえに、己の屋敷を、大和魂を受け継ぐ場所と為《な》したいのでしょう」

「むむ……」

「無論、出来上がった暁には、公方《くぼう》さまをはじめ、大名衆をお迎えせんという政《まつりごと》上の野心もありましょう。ただし、あちらの主人が本当に招きたいのは、千年も昔から、敷島の道の伝統を守る公家衆かと思われます」

「うむむ……。つまりは、己が『古今伝授』の正統なる担い手だと、世間に示したいわけだな」

露寒軒が唸るように言う。

「実は、その古今伝授を授けてもらうべく、あちらの主人が京から招いた北村季吟《きたむらきぎん》でございますが……」

扶が言いにくそうな様子で、切り出した。

「その北村季吟に、駒込の屋敷の庭造りを指揮させるようです」

「何と。北村季吟にだと！」

露寒軒はその場に飛び上がらんばかりになって叫んだ。

「まあ、あちらは何をおいても、北村さま、北村さまでございますので」

露寒軒は「うーむ」と唸りながら、腕組みをして目を閉じると、何やらぶつぶつと呟き始めた。

「あの柳沢《やなぎさわ》めが六義を形にした庭園など造り上げれば、あやつは和歌の権威になってしまう。あやつの師匠である北村季吟は敬われ、誰もが我先にと『古今伝授』を欲するようになる。わしは良識ある歌人として、これを見過ごすわけにはいかん！」

（やなぎさわ……？）

露寒軒の口から思わず漏れた言葉を、おいちは聞き留めた。だが、それ以上にわけの分からない言葉があった。

「あのう、むくさとか、古今伝授とかって何ですか」

扶にこっそり尋ねると、露寒軒は考え事に集中しているのか、口を挟んでこなかった。

「六義というのは、紀貫之が述べた和歌の形のあり方だよ。そえ歌、かぞえ歌、なずらえ歌、たとえ歌、ただごと歌、いわい歌の六種類を言うのだ」

「へえ……」

扶は丁寧に教えてくれたが、おいちはそのいずれも分からなかった。

「古今伝授とは、師匠から弟子に口伝えで受け継がれる和歌の奥義のようなものだが、受け継いでいない者には何やらよく分からないのだ」

「扶さんは、露寒軒さまから受け継いでおられないのですか」

おいちが無邪気に問うと、よりにもよって何を言い出すのだと、扶の顔つきが突然強張った。その一瞬後、

「愚か者めっ！」

露寒軒の雷が落ちた。

「わしは古今伝授なんぞ、一度たりとも受け継ぎたいと思うたことはないわっ！」

露寒軒は顔を真っ赤にしている。その怒りのあまりの激しさにおののいて、おいちも言い返す言葉が出てこなかった。

「それでは、私はそろそろお暇《いとま》させていただきます」

扶は早々に退散することにしたようだ。

「そうか。またあちらの屋敷で何か分かったら、すぐに知らせよ」

露寒軒は少し冷静さを取り戻して、そう告げた。

「かしこまりました」

扶は恭しく頭を下げた後、ふと思い出した様子で、顔を上げると、

「そういえば、幸松は先の藪入《やぶい》りの折に帰ってきましたか」

「いや。帰ってはこなかった」

そう答えた時、露寒軒の気難しげな顔に、おいちの見慣れぬ表情が浮かんだ。

（何だろう。今、一瞬だけ、露寒軒さまが寂しそうに見えたような……）

露寒軒の顔つきはすぐに元に戻ってしまったが、扶はいかにも残念そうな表情を浮かべている。

「そうでしたか。あれほど聡《さと》い子はなかなかおりませんからねえ。この家にいれば、先生の薫陶《くんとう》で立派な学者か歌人にでもなれる器なのですが……」

扶が未練たっぷりといった口ぶりで言った。

「仕方あるまい。本人はともかく、あれの亡くなった祖父が、あれを職人にしたいと望んでいたのだからな」

露寒軒の顔を、再び寂しげな陰りが一瞬よぎってゆく――と見えた直後、

「おい、お前」

突然、露寒軒がおいちに、いつもの顔を向けて呼びかけた。

「扶を送って行け。これから扶の許へ使いに行ってもらうこともあるかもしれん。柳沢めの上屋敷の場所も、教えてもらうがいい」

柳沢とは、どうやら扶が今仕えている主人の家の名前のようだ。だが、あえて問いただすことはせず、

「かしこまりました」

と、代筆屋の客もなくて暇なおいちは、すぐに立ち上がった。

二

おいちが扶に続いて玄関を出ると、扶は梨の木の前で立ち止まっていた。その目は、ふっくらと柔らかに芽吹いた枝先の蕾《つぼみ》に向けられている。

「梨の木に思い出でもおありですか」

傍らへ寄って、おいちは尋ねた。扶は振り返ると、先ほどは見せなかった親しみ深い表情を向けた。

「いや、この花ももうそろそろかと思ってな。私は今のお屋敷へ奉公に出るまで、先生の許で修業していたのだ」

「では、ここに住んでいたのですね」

「ああ。奉公人の磯松《いそまつ》という爺さんと、その孫の幸松の四人で暮らしていた」

扶は懐かしそうな顔つきで答えた。

「露寒軒さまは、幸松という子を気にかけておられるようでしたが……」

おいちが言うと、扶はたちまち人のよさそうな笑みを浮かべた。

「ああ、たいそう可愛がっておられた。あの気難しい先生がな」

自分に対する扱いとは大した違いだと思いながら、おいちは複雑な気持ちで聞いた。

「磯松爺さんは、仮名くらいしか読めなかったんだが、幸松はたいそう賢い子でね。門前の小僧、習わぬ経を読むってやつだろうが、この家で毎日、歌を耳にしていたからだろうな。『小倉百人一首』なんかはすべて暗記してしまったほどだよ」

「そうなんですか」

おいちにとって『小倉百人一首』は手習いの手本でしかなかった。

「だから、私もつい、いろいろ幸松に教えたりしてしまってね。将来は露寒軒さまみたいな歌人になりなさい、なんて言ってしまったんだ」

悔やむように、扶が声を落として言った。

「それが、何かいけないことだったんですか」

「いや、磯松爺さんはただの奉公人だったからなあ。幸松に歌を学ばせて歌人にするなんて、思いも寄らなかったんだ。将来は手に職をつけさせたかったらしい。それでも、爺さんが生きていれば、ここで爺さんの手伝いをしながら、歌を学ぶこともできたのだが……」

「お爺さんが亡くなって、幸松はどこかへ引き取られたんですか」

「うむ。爺さんの最期の願いというんで、先生の顔なじみでもある筆屋へ奉公に出ることになった。末は筆職人を目指すことになるだろう」

「本人はそれでいい、と――？」

「いいも何も、爺さんの願いだし、どうしようもなかったんだろう。だけれど、幸松は先生によくなついていたんだ。先生のようになりたいって、よく言っていたからな。私も変なことを言って、焚《た》きつけたりしなければよかったのだが……」

そんなやり取りをしてから、扶とおいちは坂道を下り始めた。

「ところで、扶さんがお仕えしている方は、柳沢さまとおっしゃるのですね」

おいちが尋ねると、扶はつと立ち止まって、おいちを振り返った。

「先生はこれまで、ご自分の生い立ちについて、おいちさんにお話しになったことはあったかい？」

扶の表情はこれまでになく真剣そのものだった。

「いいえ」

おいちの返事を聞くと、さらに迷う様子で、扶はしばらく沈黙していたが、やがて思い切ったように口を開いた。

「おそらく先生ご自身からはおっしゃらないだろうから、私からおいちさんに話しておきたいことがある」

「柳沢さまと露寒軒さまに関わることですね」

「そうだ」

だが、それは町中《まちなか》の道筋や茶屋などで語れることではないと、扶は続けて言った。

「神田川の川べりなら、周囲に人のいない所を選んで話もできるだろう」

立ち寄ってもかまわないかと訊《き》かれ、おいちは「はい」と即座にうなずいた。

「では、私についてきてくれ」

そう言うと、扶は先に立って、再び歩き出した。梨の木坂を下りきった所から南の方へ向かって進む。

それから、半刻（約一時間）近くも歩いただろうか、やがてそれほど大きくない川にぶつかった。

神田川は江戸の町中を流れ、下流は隅田川に流れ込んでいる。隅田川に比べれば、神田川の川幅はかなり狭い。

「ここなら、いいだろう」

やがて、扶は人気《ひとけ》のない川べりへ出て足を止めた。

「浅草橋に近い柳原土手では、古着売りが出ていて、いつも賑わっているが、お城に近い方は静かだから——」

扶が言う通り、この辺りは土手の上を歩く人影が、ぽつぽつと見える程度である。

「おいちさんは知らぬかもしれないが、今の公方さまのお父上には、弟君がおられたのだ。駿河《するが》大納《だいな》言《ごん》さまとおっしゃった」

扶の話は思いも寄らぬところから始められた。

駿河大納言——おいちの初めて聞く言葉である。

だが、今の公方さま——つまり、綱吉公の父上といえば、やはり公方さまだったのだろう。そのことを、おいちが尋ねると、

「もちろんそうだ。大猷院《だいゆういん》さまとおっしゃる」

扶はすかさず答えた。おいちはその大猷院という名を聞いたことはなかったが、

「三代将軍で、諱《いみな》（本名）は家光《いえみつ》公とおっしゃった」

と、扶が説明してくれた。

「この三代さまが将軍とおなり遊ばす前、その弟君をお世継ぎに――と、強く推す人々がいたという。弟君はそれだけ才あるお方でいらっしゃったのだ」

「でも、ご長男でなければ、お家を継ぐことはできません」

それは、将軍家に限らず、ふつうの武家でも農家でも同じことだ。

「その通りだ。今の世は嫡男と生まれた者が、跡を継ぐと決まっている。しかし、戦国の世ではそうでもなかった。兄弟の中で、最も力のある者が家を継ぐ風習だったらしい」

ということは、駿河大納言とは、兄の家光をしのぐ器量の持ち主だったことになる。

「その弟君の駿河大納言さまだが、諱を忠長《ただなが》公とおっしゃる。将軍となることは叶《かな》わなかったが、徳川家の本拠である駿河の地をお治めになった。駿河大納言とお呼び申し上げるのもそれゆえだ。その駿河大納言さまの家臣として、お仕えしていたのが、先生のご父君の渡辺忠さまと、柳沢安忠《やすただ》さまだったのだ」

「柳沢さまって――」

先ほど露寒軒がさんざん罵《ののし》っていた大名の名ではないか。そして、この扶が今、仕えている主人の家――。

「ところが、この駿河大納言さまは、お父上の二代将軍さまが生きておられる間はよかったのだが、お亡くなりになると、兄君の大猷院さまのご命令によりお腹を召されることになった」

「どうして――」

「謀叛《むほん》の企みがあったという」

「そんな……」

弟が将軍位を狙って兄を倒そうとして、兄はそれを阻止するべく、弟に死を迫る。何と恐ろしく忌まわしい話であろう。

「主君が倒れれば、家臣もそれに従うのが道理だ。駿河大納言さまが切腹なさった後、その家臣は皆、蟄居《ちっきょ》なり禄を召し上げられるなり、何らかの処分を受けたらしい」

「では、露寒軒さまのお父上も――」

「そうだ。そして、柳沢安忠さまもだ。両名とも、初めは蟄居を命じられたが、後に許されたらしい。しかし、その後は仕える主人を失い、浪々の身とならねばならなかった」

そこまで語ると、扶はふうっと息を吐き出した。

(露寒軒さまは、貴いお血筋のお武家さまだったのだわ)

おいちは胸の中で納得した。

あの傲慢《ごうまん》な物言いも、将軍ご連枝に仕える家の出であれば納得できる。

「ところが、その後の渡辺家と柳沢家は違ったのだ」

扶の話はさらに続いた。

「柳沢さまはその後、三代将軍の大猷院さまに召し出され、そのご子息にお仕えすることになった。それが、今の五代目公方さまだ」

「まあ」

おいちは思わず高い声を上げた。

見知らぬ武士の世界とはいえ、それが大出世であることは分かる。

切腹までさせられた主君を持ち、浪人の憂き身となりながら、後に将軍となる者の家臣になれたのは、幸運の極みだ。

今の将軍綱吉が、兄家綱《いえつな》の跡を継いで将軍となったことは、おいちも知っている。つまり、柳沢安忠が綱吉の家臣となった頃、綱吉が将軍になる見込みはかなり低かったはずだ。だからこそ、謀叛人の家臣だった柳沢安忠でも、綱吉の家臣になれたのだろう。世継ぎの座が約束されていた家綱に仕えることはできなかったはずだ。

「安忠公の息子の保明《やすあきら》公は、公方さまのお気に入りなのだ。御《お》側《そば》御《ご》用人《ようにん》としてみるみる頭角を現し、その後は大名に取り立てられ、今や川越八万石余の藩主となられた」

その保明が今の柳沢家の当主なのだと、扶は告げた。

「露寒軒さまのお父上は、どうなったのですか」

柳沢安忠の幸運は、露寒軒の父の身に訪れてもよいことであった。それはすなわち、今の柳沢保明の人生が、露寒軒のものにもなり得たということである。

「それが、柳沢家とは比べようもない結果となった」

扶は声を落として告げた。

扶の話によれば、露寒軒の父に当たる渡辺忠は、その後、仕官することはなかったらしい。そこで、息子の露寒軒は親族の戸田家へ養子に入って、譜代大名の本多家へ仕官した。もちろん、一生を浪人のまま過ごすことに比べれば、恵まれている。その上、大過なく勤めを果たして隠居したのであれば、悪くない人生と言ってよい。

（でも、あの露寒軒さまに限って——）

己の人生を分相応と思い、それに満足して日々を送ることなど、できはしまい。柳沢家の存在がなければ、露寒軒の心とて、さまで乱れなかったかもしれないが……。

その父親たちは同じような境遇にあり、一度は共に失脚した。しかし、息子たちの代に至っては、一方が将軍お気に入りの側近大名で、もう一方は本郷の一軒家で、ほそぼそと歌占を商う隠居の身——。

「露寒軒さまが柳沢さまを敵《かたき》のように御覧になるのも、分かるような気がします」

おいちは露寒軒が哀れになり、しみじみした声で言った。

「そうなのだ。だが、先生は柳沢さまの栄達を妬《ねた》んでおられるわけではない」

きっぱりとした口ぶりで、扶は言い切った。

「でも、露寒軒さまは柳沢さまを嫌っておられるのでしょう？」

「それはな、おいちさん。柳沢さまと先生の求める歌の世界が、まったく異なるからなのだ」

おいちの訝《いぶか》しげな顔つきに対して、扶は嚙《か》んで含めるように説明する。

「柳沢さまは、先ほど話にも出た『古今伝授』に表されるような京の伝統にのっとった和歌の道を尊《たっと》んでいる。一方、先生はそれを古臭いと考え、新しい和歌の道を打ち立てようとなさっている」

「ああ……」

その話はおいちの胸にすっと落ちてきた。

あの露寒軒が、そういう野心を抱くのはごく当たり前と思われる。

「それで、露寒軒さまはさっき、あんなに強い口ぶりで、お怒りになられたんですね」

「その通り」

おいちの察しのよさに、扶は満足げにうなずくと、

「先生は、古今伝授について探るように――と、私に命じられたのだ」

と、続けた。扶はそのために、柳沢家の屋敷に潜り込まされたのであろう。

「探るようにって……」

あれほど嫌い、憎んでいる古今伝授を探る必要などあるのだろうか。

だが、扶の方はそのことをさほど不自然にも思っていないらしい。

(柳沢さまのお屋敷では、よく扶さんを奉公人として雇い入れたもんだわ)

おいちは胸の中でひそかに呟《つぶや》いた。

「扶さんはこれからも、古今伝授について探り続けるのですか」

「まあ、そうなるだろう。とはいえ、古今伝授を本当に知るためには、自分がそれを受け

継ぐより他にない。盗めるようなものではないから、余計に厄介だ」

露寒軒の敵意も凄《すさ》まじいが、露寒軒を思う扶の忠誠心も凄まじい。これからも先生のために、

「まあ、これでおいちさんも先生のご事情が分かっただろう。これからも先生のために、いっそう働いておくれ」

やがて、扶が話を切り上げるように言った。

「えっ、あたしは……」

露寒軒の弟子でもなければ、ずっと露寒軒の許にいるわけでもない。いずれは、颯太を捜しに行かなければならないのだ。だが、それを言う前に、

「では、頼んだぞ。そろそろ行こう」

と、扶が言い出して、神田川に背を向けると、土手を上り始めた。

おいちも慌てて扶の後に続く。気がつくと、日が傾き、川べりを吹く風はここへ来た時より、やや冷たくなっていた。


おいちが本郷の家に帰り着いた時にはもう、日も落ちていた。もう歌占の客もいないだろうと思いながら、門をくぐろうとすると、梨の木の下に佇《たたず》む人の姿がある。

「御用ですか」

おいちの声に驚いた様子で顔を上げたのは、まだ十歳ばかりと見える少年だった。目がぱっちりして愛らしいが、まるで泣きはらした後のように見える。

「違いますっ」

少年は叫ぶように言うと、ぱっと駆け出した。

「あっ、ちょっと——」

と、おいちが呼び止める間もなく、おいちの脇をすり抜け、門前の坂を駆け下りて行ってしまった。

「あの子、まさか……」

扶の話していた幸松という少年ではないだろうか。だが、おいちはその顔も知らないし、年齢も聞いてはいない。確かめようもないまま、おいちは家の中へ入った。

行燈《あんどん》を点《とも》した座敷の奥では、露寒軒が一人書物をめくっていた。

「ただ今、戻りました」

おいちが帰宅の挨拶をすると、露寒軒は顔を上げた。それから、

「明日は代筆の仕事は休みとし、大伝馬町のあずさ屋という筆屋で、小筆を一本求めてまいれ」

と、いきなり命じた。おいちは先ほど聞いた扶の話に思い当たった。

「もしかして、そのあずさ屋さんには、幸松さんがいるのではありませんか」

「ふん、あの扶めが話しおったな」

露寒軒は不機嫌そうに言った。

「そういえば、今さっき、表に十歳くらいの男の子がいましたけれど……」

「何じゃと」

露寒軒の顔色が変わった。おいちが先ほどのやり取りを伝えると、

「用がないと言っていたのなら放っておけばよい」

と、露寒軒は突き放したように言う。だが、年齢や風体などから、先ほどの少年が幸松である見込みは高いようだ。

「明日、あずさ屋さんへ行った時、幸松さんの様子も見てまいりますね」

おいちが気を回して言い添えると、

「わしは筆を買って来いと言っただけじゃ」

露寒軒はふんとそっぽを向いた。

だが、その横顔が少し安堵《あんど》したように緩んでいるのが、おいちにははっきりと分かった。

三

その翌日、おいちは命じられた通り、大伝馬町の筆屋あずさ屋へ向かった。

「あずさ屋さんは、小津屋さんの目の前だよ」

と、おさめから言われたのを頼りに、大伝馬町へ赴くと、あずさ屋はすぐに見つかった。帰りに、小津屋へも顔を出し、仁吉に挨拶してゆこうかと思いながら、おいちはあずさ屋の暖簾をくぐった。

「あのう、すみません」

それほど広くない店内には、七、八人の人々がひしめいていた。そのほとんどが、お仕着せに前垂れを着けた奉公人である。

「いらっしゃいませ」

奉公人たちはおいちに気づくと、口々に挨拶した。その時、おいちの目に、薄紅色の小袖の一部が飛び込んできた。

女の先客がいるらしい。

「あっ、美雪さん――」

おいちは思わず口に出して呟いていた。

「まあ、おいちさん――」

美雪も驚いた表情を浮かべている。その顔色に一瞬、恥じらうような色が浮かんだ。仁吉と二人して、おいちに代筆を依頼したことを思い出したのだろう。

だが、それも一瞬で消え失《う》せ、その表情は深刻そうな憂いに包まれた。

「小津屋さまのお知り合いですか」

あずさ屋の手代と思われる男が、美雪に尋ねた。

「はい。うちのお客さまです。戸田露寒軒さまの所で働いておられるんですよ」

「何と。戸田さまの許で――」

美雪の答えに、手代の表情が大きく揺れた。

「今日はお筆をお求めですか」

手代が丁重においちに尋ねる。

「はい。露寒軒さまの小筆を一本。それから、この店の幸松という小僧さんのことも気にかかって、様子を伺いたいんですけれど……」

おいちは昨日、露寒軒の家の前で、幸松らしい小僧を見かけたことを話した。

「用はないと言って、家の中へ上がりもせず、そのまま立ち去ってしまったのですが……」

おいちが話す間、あずさ屋の奉公人の間に、言葉にはならぬざわめきが立った。見れば、手代の男や美雪の表情も、硬く強張《こわば》っている。

「幸松さんの身に、何かあったのですか」

おいちが尋ねると、手代はもはや隠す必要もないと判断したらしく、少し肩を落として語り出した。

「実は……そうなのです。昨日、幸松を水沢さまという旗本のお屋敷へ使いに出したのですが、帰りがあまりに遅いので、改めて人をやりました。すると、幸松に届けさせた筆は先方にきちんと渡っていた。そして、お代も支払ったというのです。だが、よくよく確かめてみると、先方がお代を支払ったのは、幸松本人ではなくて、二十代半ばの奉公人だったというのですよ」

「それは、どういう――」

「おそらく、騙《かた》りに引っかかったのでしょう」

手代が苦々しげな口ぶりで言った。

「騙りって、あんな小さな子供からお金を取るなんて……」

「小さな子供だからこそ狙われたのです」

横から、美雪が教え諭すように口を添えた。

「最近、よくある手口ですよ。お代と引き換えに品物を届ける店の小僧さんが狙われます。お代を受け取った後、巻き上げられることもあるようですが、幸松さんはお代を受け取る前に、品物を騙《だま》し取られたようです。その者はおそらく、武家屋敷の中間のような格好で幸松さんに近付き、お代を受け取ってきてやるなどと言ったのでしょう。幸松さんがその言葉を信じて、商いの品を渡すと、今度はあずさ屋の奉公人の振りをして武家屋敷の者からお代を受け取り、そのまま行方をくらませたのです」

「そんな、ひどい――」

「幸松さんは騙された後、男を追いかけたのかもしれません。それで、逆にひどい目に遭っていなければよいと、あずさ屋の皆さんも案じていたのですが……。露寒軒さまの所へ行っていたのなら、おそらく騙した男を見つけられず、途方に暮れて露寒軒さまを訪ねたのではないでしょうか」

美雪の言葉に、おいちはうなずいた。

幸松は昔、祖父と共に露寒軒の家で暮らしていたというから、つらい目に遭って、つい足が懐かしい場所へ向いたのかもしれない。

「あの時、露寒軒さまの家に上がってくれていれば……」

おいち自身は、露寒軒宅に上がったことがきっかけで、寄る辺ない身の上から抜け出せた。幸松もそうしていれば——と、おいちは歯噛みする思いで呟いた。

「幸松は与えられた仕事を成し遂げられなかったことに、責めを感じているのでございましょう」

　手代が言うと、他の奉公人たちもそれにうなずいた。なまじしっかり者なだけに、己の失敗が受け容《い》れがたかったのかもしれない。

　あずさ屋の人々は、昨日の夜から、水沢家の周辺や大伝馬町の辺りを捜し回っていた。そして、今朝、さらに範囲を広げて捜そうとしていた矢先であったという。

「あたし、まずはこのことを露寒軒さまにお伝えし、それから幸松さんを捜すのをお手伝いします」

　おいちは買物のことも忘れて、そう口走っていた。

「ならば、おいちさんには、露寒軒さまへの説明をお願いします。後で、誰かを露寒軒さまのお宅へ向かわせますから、心当たりがあればお知らせください。あずさ屋の皆さんだけで人手が足りなければ、どうぞ小津屋の者もお使いください」

　美雪はてきぱきとした口ぶりで告げた。ここにいるのは小津屋の奉公人ではなく、あずさ屋の奉公人たちだが、美雪が指図するのを誰も不自然には思っていないようだ。その時、

「それは、ありがたいお言葉ですな」

深みのある低い声が、思わぬ方向から聞こえてきた。

おいちが声のした方を見ると、店と奥の境目の暖簾をくぐって、どっしりとした体格の男が美雪に目を向けていた。齢の頃は、露寒軒と同じか、やや下といったところだろうか。朽葉《くちば》色の羽織を着込んだその姿は、明らかにこの店の主人と分かる。

「あずさ屋の旦那さん――」

美雪が慎ましい様子で頭を下げ、奉公人たちも恐れ入った様子で、頭《こうべ》を垂れている。

「幸松は、露寒軒さまから譲り受けた大切な奉公人。本来ならば、私がすぐにも説明に伺わねばならぬところだが……」

「幸松さんが戻って来た時のためにも、旦那さんはここにいてください。このおいちさんはしっかりしたお人ですから、お任せして大事ないと存じます」

美雪が即座に言った。あずさ屋の主人はその言葉にしかとうなずき、

「では、露寒軒さまへの説明は、おいちさんとおっしゃるのですな――お嬢さんにお頼みしますぞ」

あずさ屋の主人の真剣な眼差しが、美雪からおいちの方へ流れてきた。

「はい――」

おいちはしっかり顎を引いてうなずいた。

「それでは、私は小津屋で動ける者を当たってみます」

美雪は言い、おいちを「さあ」と急《せ》かすようにして、あずさ屋を出た。その直後、

「お嬢さんっ！」

目の前の小津屋から、仁吉が駆け寄ってきた。幸松のことを聞いているらしく、気がかりそうな顔を見せている。

「私は昨日、出がけの幸松を見かけたのです。あの時、一緒に水沢さまのお屋敷へ行こうと声をかけていれば、こんなことにはならなかったのに……」

仁吉は拳を握り締め、口惜しそうに言う。

「仁吉のせいではありません」

美雪が慰めるように言った。その物言いがとても温かく聞こえる。

自分のせいではないのに、そうやって人のために悔やむことのできる優しさ――。それが仁吉という男だということを、おいちも知っている。

「私たちも幸松さんを捜しましょう。ぐずぐすしていられません」

美雪がきびきびとした口ぶりで、仁吉に言った。

「はい、お嬢さん！」

仁吉は弾かれたように応じた。その表情は、もう悔いだけに覆われてはいない。

「では、あたしはこれで」

おいちはその場で、二人と別れた。美雪と仁吉は連れ立って小津屋へ戻ってゆく。

(幸松さん、どうか無事でいて――)

おいちは時折、小走りになりながら、本郷の露寒軒宅を目指した。

四

おいちが梨の木坂に到着したのは、それから一刻（約二時間）足らずであった。日本橋との往復でかなり疲れてはいたが、決して速度をゆるめることなく、おいちは懸命に坂を上ってゆく。その足が家までもうあと十歩というところで、にわかに止まった。

小さなかわいらしい蕾をつけた梨の木の下には、昨日と同じように、少年が一人うずくまっていた。

「あなた、幸松さんね！」

おいちが声を上げると、少年がぱっと顔を上げた。間違いない。昨日見たのと同じ少年である。その直後、少年はいきなり坂の上の方に向かって走り出した。

「待ちなさいっ！」

おいちはとっさに駆け出した。坂を上ってきたため、息が少し切れている。

だが、少年は駆け出して間もなく、足をもつれさせ、ふらふらとした足取りになった。

おいちはすぐに追いついて、その腕をとらえた。

その直後、少年の足はへなへなと萎《な》え、上半身が大きくよろめいた。

「ちょ、ちょっと！　どうしたの！」

おいちは慌てて、少年の体を横から抱きかかえるようにする。だが、その体を支え切れず、そのまま一緒に道に座り込んでしまった。

「とにかく、露寒軒さまのお宅へ行きましょう」

断じて離すまいという意気込みで、おいちが言うと、少年はもう逆らおうとはしなかった。おいちは少年を立ち上がらせると、肩を貸し、半ば引きずるようにして坂を下り始めた。

「露寒軒さまっ！　おさめさんっ！」

どうにかこうにか、露寒軒宅の戸を開け、おいちは中へ向かって大声を上げた。

玄関へたどり着くなり、少年はその場に倒れ伏してしまう。

「何事だっ！」

ふだんは玄関まで出ることのない露寒軒が、この時は部屋から飛び出してきた。

「幸松ではないかっ！」

露寒軒は大声で叫ぶなり、

「おい、おさめっ！　すぐに水を持ってまいれ」

と、廊下の奥へ向けて怒鳴った。何事かと台所の方から顔を出していたおさめが、

「は、はいっ！　ただ今」

驚いた声で応じ、すぐに椀《わん》を抱えて現れた。

「あらまあ、この子は――？」

倒れている幸松を見るや、おさめは膝に抱き起こし、椀の水を甲斐甲斐《かいがい》しくあてがった。

幸松は初めはぼうっとしていたが、乾いた唇に水が触れるや、身を乗り出すようにして椀

の水をむさぼり飲んだ。ようやく人心地ついた様子の幸松に、

「あんた、お腹は空いてないのかい？」

おさめが顔をのぞき込むようにして尋ねると、口で答えるより先に、幸松の腹の虫がぐうと鳴った。

「やっぱり――」

おさめが歯を見せて笑い、おいちもつられて笑った。露寒軒は渋い顔を崩さない。

「この子を台所へ連れて行ってもいいですか」

おさめが露寒軒の顔色をうかがいながら尋ねると、

「どうせ客もおらんのだ。座敷に連れて行ってやればよかろう」

と、しかめ面のまま答える。そこで、おいちとおさめの二人で、幸松の肩を支えながら、いつもの座敷へ入った。露寒軒は一人で先に座敷へ戻り、さっさと机の前に座り込んでいる。

幸松は座敷へ足を踏み入れるなり、露寒軒の前に正座し、深々と頭を下げた。

「旦那さま。おいらは間違いを犯して、あずさ屋さんにご迷惑をおかけしてしまいました。本当に……」

「愚か者めがっ！　お前は大莫迦者《おおばか》じゃ！」

幸松の必死の弁明が終わるより先に、露寒軒の雷が落ちた。

「第一に、わしはもう、お前の旦那さまではない。お前が旦那さまと呼ぶべきはあずさ屋

の主人であろう。第二に、お前が謝るべきは、人に騙されて金を取られたことではなく、そのまま行方知れずとなって、迷惑をかけたことだ。そのようなこともまだ分かっておらぬから、お前は大莫迦者だというのじゃっ！」

「で、でも、代金を取り戻さないうちは、あずさ屋さんには帰れないって――」

幸松の声が震え出した。

「そうではない。お前はただ、あずさ屋の主人に謝るのが嫌だっただけじゃ。どうせ、これまで賢い子だの、頼りになるだのと、ちやほやされてきたのじゃろう。褒められることに慣れ切ったお前は、厳しく叱られることに我慢がならず、金を取り戻そうと必死になった。お前はただ、褒められたいという己の欲に負けたただの愚か者じゃ」

露寒軒の容赦《ようしゃ》のない叱責は続いた。

（何も、こんなに小さな子に、そこまで本気で怒らなくても……）

おいちがそう思った時であった。

「うわあ……ん！」

それまで溜《た》め込んでいたものを吐き出すといったような勢いで、突然、幸松が声を放って泣き始めた。

「幸松さんっ！」

おいちは思わず、幸松の傍らへ寄ると、その肩を抱くようにしながら、きっと露寒軒を睨《にら》みつけた。

「この子は一晩、飲まず食わずで弱ってるんです。自分が悪かったたって言ってるのに、少々、見当違いだからといって、そんなに怒鳴らなくたって――」

「悪いところがあれば悪いと、その場で教えてやらずば、人は成長せぬ。お前は幸松に輪をかけた愚か者のくせに、余計な口出しをするでない」

露寒軒の矛先がおいちに向けられた。だが、おいちも負けじと言い返す。

「あたしは叱るなって言ったわけじゃありません。怒鳴らないでくださいって言ったんです」

露寒軒とおいちの声が高くなればなるほど、幸松の泣きじゃくる声も大きくなる。

「わしは元からこういう声じゃ！」

そうやって言い争っているところへ、

「はいはい。もうおしまいにしてくださいよ。小僧さんの食事を持ってきましたからね」

と、戸を開けて、おさめが入ってきた。

幸松はたちまち泣きやみ、露寒軒とおいちは互いに睨み合ったまま、それでも口だけは収める。

「さあ、まずはこの手拭いで、顔と手をお拭き。それから、握り飯は汁物を飲みながら、ゆっくり食べるんだよ」

おさめが露寒軒の脇に小さな膳を置き、その前に幸松を座らせて世話を焼き始めた。

「いただきます」

幸松は泣き濡れた顔を拭いてすっきりしたのか、それまでにない明るい声で言い、礼儀正しく両手を合わせて頭を下げた。それから、幸松は握り飯を頰張った。貪《むさぼ》るように飲み込もうとするので、おさめから再び、急いで食べるなと注意されている。

その食事の途中、玄関口に人の気配がした。

「御免ください。あずさ屋のもんですが……」

若い男の声である。どうやら、あずさ屋の手代か小僧が、露寒軒の家に様子を見に来たようだ。

幸松は握り飯を頰張る口を止め、表情を強張らせた。

「あたしが出ましょうか」

おさめとおいちが同時に立ち上がりかけた。が、その二人を目で制して、

「わしが出る」

と、露寒軒が自ら立ち上がった。そして、玄関の方へ歩きかけたが、ふと思い直したように足を止めると、

「おい、やはり、お前は一緒に来い」

と、おいちに向かって言った。

玄関口にいたのは、先ほどあずさ屋の店先にいた小僧の中の一人である。

「あっ、これは戸田さま――」

頭を下げる小僧に向かって、

「幸松はここに来ておるぞ」

露寒軒はぶっきらぼうに言った。

「ええっ！　本当ですか」

「嘘《うそ》なぞ吐《つ》いてどうする。今、奥で食事を摂っておる。幸松はわしがしかとあずさ屋へ送り届けるゆえ、まずは主人にそう伝えるように」

「かしこまりましたっ！」

小僧は昂奮《こうふん》した様子で言った。

「では、私はすぐにでもこのことを知らせに帰りますので」

「おい、しばし待て」

露寒軒は思い直したように、小僧を引き止めた。

「幸松はひどく疲れておるゆえ、今宵はここに泊めてやる。そう主人に伝えよ」

「へえ」

「して、主人宛てに文をしたためるゆえ、その間だけ、ここで待て」

「かしこまりました」

小僧が承知すると、露寒軒は目をおいちに向けた。

「お前に代筆を頼もう」

「えっ、あたしに――」

「さよう。わしの机の上に、『万葉集』が何冊か載っておるゆえ、その中から巻二を探せ。

その一四一番の歌を書き記して、ここへ持ってまいれ。差出人は露寒軒、宛先はあずさ屋じゃ」

「万葉集、巻二、一四一番ですね」

突然のことに驚きながらも、番号を間違えまいと、おいちは必死で復唱した。

「さよう。お前は和歌を口ずさんでも覚えられまいから、数字で覚えよ」

その言葉にはかちんときたが、何も言い返さず、おいちは座敷へ取って返した。

おいちは座敷の戸を閉めるなり、部屋の端に片付けられていた自分の机を持ち出し、それから、露寒軒の机の上を探し始めた。書物は何冊か積み上げられていたが、その中から『万葉集　巻二』と書かれた冊子はすぐに見つかった。

番号を目で追い、一四一番を見つけ出す。

それから、おいちは急いで筆と墨と紙の用意をした。紙は先日、小津屋で買い求めた美しい薄様があったが、これは客用の仕事ではないから、露寒軒がふだん用いている白い杉《すぎ》原紙《はらがみ》でかまわないだろう。

筆は、迷うことなく、母の形見の品を使った。これも、れっきとした代筆の仕事の清書である。

一四一番の作者は、有間皇子《ありまのみこ》という人であった。おいちには誰なのか、さっぱり分からない。

磐代《いわしろ》の浜松が枝《え》を引き結び　ま幸《さき》くあらばまたかへり見む

意味もよく分からなかったが、とりあえず、おいちはその歌を書き写した。

それから、ふと幸松の方を見ると、おいちの方を不安そうな目で見つめている。手にした握り飯はあまり小さくなっていないようだ。

「露寒軒さまから、あずさ屋のご主人宛ての文の代筆を頼まれたの。あんたは今夜はここに泊まっていけって、おっしゃってたわ」

幸松を安心させるように言うと、幸松は「うん」と小さくうなずき、目を握り飯の方へ落とした。

「ほれ、さっきの勢いはどうした？　出されたもんは残さず食べ切るのが礼儀ってもんだよ」

おさめから言われ、幸松は再び握り飯を口に運び始めた。それを見届けると、おいちは墨の乾き具合を確かめ、あずさ屋への文を持って、再び玄関口へ戻った。

露寒軒はおいちから渡された紙に目を通して確認すると、自らそれを四つ折にして、

「これを主人に渡せ」

と、玄関先の小僧に手渡した。

「確かにお預かりします」

あずさ屋の小僧が文を受け取って、玄関口から出て行くと、露寒軒とおいちは座敷へ戻

った。

その頃にはもう、幸松の食事も終わっており、これから露寒軒のお説教が始まるのかと、幸松は体を固くしている。ところが、

「食事が終わったなら、休ませてやれ」

と、露寒軒はおさめとおいちに向かって言った。

「じゃあ、二階へ連れて行きましょう」

すかさずおさめが言い、おいちに目配せして立ち上がる。おいちは即座に幸松の許へ駆け寄ると、その手を取って立ち上がらせた。そして、困惑した表情の幸松を連れ、おいちとおさめは二階へ上がった。

五

「あのう、おいら――」

幸松はおいちとおさめを交互に見ながら、戸惑った声を出した。

「休めって言われたんだから、休めばいいのよ。逆らったりしたら、また怒鳴られるんだから」

おいちは声を低くして、幸松に忠告した。

二階には、おさめとおいちがそれぞれ別に使う部屋があるが、それ以外には部屋はなく、布団などの余りもない。

「まずは、あたしのを使ってくれればいいから――」

おさめが言って、自分の部屋に幸松を入れ、布団を敷いた。

「でも、今はいいけれど、夜になったらどうしましょうか」

おいちが尋ねると、

「その時はその時さ。おいちさんの布団をあたしの部屋に持ってきて、二つくっつけて寝りゃ、狭いけれど、あたしら三人くらい一緒に眠れるよ」

と、おさめは明るい口調で言う。

「あっ、それ、名案ですね」

おいちも何だか楽しくなって、明るく笑った。兄弟姉妹もなく、友達の家へ泊まりに行ったこともないおいちは、母以外の人と布団を並べて寝た経験がない。

「あのう、おいら。夜になったら、あずさ屋へ帰ります」

幸松が遠慮がちに言い出した。

「莫迦ね。露寒軒さまが今夜はここへ泊まれっておっしゃったのに、それに逆らおうっていうの？　そんなことしたら、また、雷が落ちるじゃないの」

おいちが教え諭すように言うと、横でおさめがくすくすと笑った。

「おいちさん、自分じゃ雷を落とされるの避けられないくせに、人のことだと、よく分かるんだねえ」

「もう、おさめさんったら。余計なことを言わないでください」

おいちが言い返すと、おさめは笑いながら、食事の後片付けがあると言って、一階へ下りて行ってしまった。

おいちは幸松を床の中に入らせると、半分開けてあった障子をきっちりと閉めた。

まだ日は高く、夕方までには間がある。だが、幸松は障子を閉めてしまうと、何度か欠伸《あくび》をした。

「眠っていいのよ。あたしももう行くから――」

おいちが優しい声で言うと、

「あの、お姉さん――」

と、どこか必死さの感じられる声で、幸松が呼びとめた。

「あたしは、いちっていうのよ」

「それじゃあ、おいち……姉さん」

と、幸松はおいちを呼んだ。

「おいら、すぐに帰らなかったのは……お金を取り戻したかったってのもあるんだけど……」

そこまで言って、幸松は次を言うのを躊躇《ためら》っている。

「――もしかして、あずさ屋さんに帰りたくなかったの？」

おいちの方から尋ねてやると、幸松は黙っていた。

「あずさ屋さんで、ひどい目に遭わされていたとか？」

「そうじゃないよっ！」

幸松は突然、起き直り、声を荒らげた。障子を通した光だけの薄暗い室内で、幸松の両眼が燃えている。

「あずさ屋の旦那さまも番頭さんも手代さんたちも皆、いい人ばかりだった……」

「なら、どうして帰りたくないなんて――」

「いい人たちだから、帰れなかった。戸田の旦那さまは、おいらが叱られるって言ってたけれど、たぶんあずさ屋の人たちはおいらのことをそんなに厳しくは叱らなかったと思う。でも、そんないい人たちをおいらは裏切ってるんだ」

「金を騙し取られたのは、あんたが悪いわけじゃない。それを裏切りだなんて、誰も言わないわよ」

「違うよ。おいらの裏切りはそれとは違う。おいらは、本当は筆屋にはなりたくないんだっ！」

幸松は一気に言って、はあはあと大きく呼吸をくり返した。

「もしかして、歌詠《うたよ》みになりたいの？」

扶の言葉を思い出して尋ねると、幸松は驚いたような目をおいちに向けた。

「おいち姉さんは、おいらの心が読めるんですか」

その言葉に、おいちは苦笑した。

「そうじゃないわ。扶さんから聞いたのよ。あんたの亡くなったお爺さんが、あんたを職人にしたがっていたってことも――」

「爺ちゃんの気持ちが分からないわけじゃないんだ。だけど、おいらは……」

「歌詠みになりたいのね？」

おいちの言葉に、幸松はうなずいた。

「言の葉には人の心を変える大きな力があるって、露寒軒さまはいつもおっしゃってた。おいら、自分でまだ歌を作れないんだけど、爺ちゃんが死んだ時、露寒軒さまが教えてくれた歌があるんです」

幸松はそう前置きしてから、一首の歌をすらすらと口ずさみ始めた。

「いわしろのはままつがえをひきむすびま幸くあらばまたかえりみん――」

「あっ、その歌――」

おいちが思わず呟くと、

「おいち姉さんもこの歌を知ってたんですね」

と、幸松が初めて笑顔を見せて言った。

「いえ、知ってるってほどじゃ……」

ただ、先ほど書き記したばかりだから、うろ覚えでも同じ歌だと分かっただけのことである。

「この歌は、どういう意味なの」

おいちが尋ねると、幸松は嬉《うれ》しげに語り出した。

「松の枝を結ぶと幸せになるっていう風習があるんだそうです。この歌を詠んだ有間皇子は無実の罪で捕らえられて、引っ立てられる時、この歌を作ったんですって。もし幸いにも無事でいられたら、再び結び松を見に来ようって」

「幸いを祈る歌なのね……」

——わが願ひ、君が幸ひのみにて候ふ。

おいちの幸せだけを望んでくれた颯太の文の言葉が、おいちの胸に熱くよみがえってきた。

「爺ちゃんが死んで、寂しくってたまらない時、この歌においらは励まされました。爺ちゃんが見守ってくれているような気がして——。そしたら、おいらもそんな歌を一首でいいから、作ってみたいって思うようになって——」

「それがきっかけで、歌詠みになりたいって本気で思うようになったのね」

おいちの言葉に、幸松は黙ってうなずく。

「だったら、そのことを露寒軒さまにもあずさ屋さんにも言わなけりゃ駄目でしょ。自分は本気で歌詠みになりたいんだって——」

励ますつもりが、つい声の調子が高くなってしまった。

ぐずっ——鼻をすする音が聴こえてくる。

「男がめそめそ泣くんじゃないの」

幸松が泣き出す前に、おいちは先んじてぴしりと言った。

「あんたが言えないなら、あたしから露寒軒さまに言ってあげてもいいのよ」

「駄目だよ！」

おいちの声は、幸松のそれまでにない大きな声に遮られた。

「絶対に、戸田の旦那さまには言わないで――」

取りすがるような目を向けられると、

「え、ええ。分かったわ」

と、答えるしか、おいちにはできなかった。

「きっとだよ。何も言っては駄目だからね」

幸松は何度も念を押した。

仕方なくおいちがその度ごとにうなずいてやると、ようやく幸松は安心したらしい。おいちに促されるまま、再び横になり、しばらくすると眠ってしまった。

おいちはそっと二階の部屋を出て、一階へ下りた。露寒軒はいつものように座敷の机で書物をめくっている。

告げてしまおうか。一瞬、おいちの胸に迷いが走った。だが、

――絶対に、戸田の旦那さまには言わないで。

必死に告げる幸松の表情がよみがえってきて、結局、おいちは何も言えなかった。

六

翌朝になって、幸松はあずさ屋へ帰されることになった。露寒軒が付き添うというので、おいちは供を買って出た。

「ねえ、昨日のこと、本当に言わないでいいの？」

幸松の耳許で念を押したが、昨日の涙も忘れたようにすっきりした顔で、

「いいんです。やっぱりよく考えたら、おいらは職人になるべきだと思ったから――」

と、幸松は言う。

その表情には本当に迷いの色など見出せなくて、昨日の薄暗い部屋の中で聞いた言葉が、すべて聞き違えだったのではないかと思えてくるほどであった。

「あんたがそれでいいって言うんなら、あたしが出しゃばるようなことじゃないけど……」

おいちは何となく釈然としない気分である。

そうして、ともかくも出かける仕度を済ませた三人が、そろって梨の木坂の家を出ようとしていた時、

「お邪魔しますよ」

と言って、玄関口へ入って来た客人がいた。

「あずさ屋の旦那さん！」

応対に出たおいちは、昨日店先で見かけたあずさ屋の主人の恰幅《かっぷく》のよい姿を見出し、驚きの声を上げた。あずさ屋は昨日と同じ、朽葉色の羽織姿である。

「なに、あずさ屋が参ったと――？」

露寒軒も奥から出て来た。

「おお、今から幸松を連れて挨拶に行くところであったが、ちょうどよかった。幸松を連れ帰ってくれ」

露寒軒があずさ屋の顔を見るなり言う。

「ええ、そのことですがね。ちょいとお話がございまして――」

あずさ屋が意味ありげな眼差しを向けるので、ならば奥で話そうということになり、一同はいつもの座敷へ入った。

おさめが運んできたお茶が皆に振る舞われると、

「幸松のことですがね」

と、あずさ屋は露寒軒に膝をまっすぐ向けて切り出した。

「露寒軒さまにお返しさせていただきますよ」

そっけない口調で、あずさ屋は言う。おや――と、おいちは首をかしげた。

昨日、幸松のことを頼むと、真剣な眼差しを向けてきた人柄と、あまりにかけ離れているように思ったからだ。

「返すとはどういうことじゃ」

露寒軒もわけが分からないといった様子で、訊き返した。

「どうもこうもありません。幸松はもともと露寒軒さまの家にいた者でしょう。うちにはもう置いておけないから、お返しすると言ってるんです」

「いったん引き受けた子供を、途中で放り出すとは何事かっ!」

露寒軒の怒りが火を噴いた。だが、あずさ屋は少しも動じない。

「確かに、幸松のことはあずさ屋の小僧としてお引き受けしましたよ。しかし、金で間違いを起こすような者は、商いには向きません。そちらでお引き取りください」

「いったん預けた子供だ。引き取るようなことはできん」

露寒軒は言い放ち、そっぽを向いた。

「しかし、うちでも引き取れませんね。とにかく、連れ帰れと言われても、置いていきますよ」

あずさ屋も負けじとばかりそっぽを向く。

「ちょ、ちょっと、お二人とも――」

傍らにいたおいちは、たまりかねて腰を浮かした。ふと傍らを見れば、幸松は歯を食いしばって、泣き出すのを必死でこらえている。

当たり前だ。大人たちが、自分のことを厄介者のように押し付け合っているのを見て、傷つかないわけがない。

「子供の前で恥ずかしくないんですか。露寒軒さまもあずさ屋さんも、これまで幸松のことを大事に思ってきたんでしょう。それなのに、当人の目の前で、押し付け合いをするなんて――」

おいちが言うと、露寒軒とあずさ屋は、互いに横を向いていた顔を見合わせた。

「ふむ、よくよく考えてみれば、お前のようなでたらめな奴に、幸松は預けておけん。うちで引き取らせてもらうぞ」

突然、露寒軒が意見を急転換させた。

「ええっ？」

聞き間違いではないかと、おいちが耳を疑った直後、

「私をでたらめだとおっしゃるのですか。私は自分の責めは自分で負いますぞ。やはり、幸松は私の許で鍛え直させていただきましょう。その後でなければ、返せませんな」

今度はあずさ屋が意見を変えた。そして、いきなり立ち上がると、幸松の許へすたすたと寄り、

「さ、帰りますよ」

と言って、幸松の左手を取る。

「あ、あの……」

幸松は困惑しながら、あずさ屋を見、露寒軒を見、そして、おいちに目を向ける。

「お前のようなでたらめな者には、預けられんと言ったであろう」

いつの間にか露寒軒も立ち上がり、あずさ屋の反対側から、幸松の右手を取った。これ

では、子供の奪い合いである。

「もう――。引き取るといったり、引き取れないといったり、一体どちらなんですか！」

たまりかねたおいちが叫んだその時、ふと露寒軒と目が合った。その目が何かを伝えたがっているように見えた。

続けて、あずさ屋に目を向けると、やはり何かを訴えるような切実な眼差しをしている。

その時、二人の求めていることが、おいちには分かった気がした。

「この件は、お二人に決着をつけていただくのはご無理だと思います」

おいちは二人の老人の間に割って入り、そう切り出した。それから、幸松の方へ目を移し、

「だからね、幸松。この決着は、あんたがつけなくてはいけないのよ」

と、おいちは幸松の目をのぞき込みながら言った。

「えっ、おいらが決着――？」

幸松が目を丸くしている。

「そう。あんたが決めなけりゃ、この問答には決着がつかないの。大丈夫、あずさ屋さんも露寒軒さまも、あんたを引き取るとも言ってるし、引き取らないとも言ってる。つまり、あんたがどんな決着をつけても、不服に思うようなことはないってことよ」

「おいち姉さん――」

幸松は震える声でおいちを呼んだ後、あずさ屋の顔を見つめ、それから、露寒軒の顔を

見つめた。二人の老人たちは共にしっかりと幸松の手を握り締めている。

「おいら――」

幸松の声はなおも少し震えていた。そこで、いったん口を閉ざすと、幸松は深呼吸をしてから、再び口を開いた。その表情がいつの間にか、きりっと引き締まっている。

「歌詠みになりたいんです。だから、戸田の旦那さまのお弟子にしてください」

そう言った時の声は、もう震えてはいなかった。

幸松が言い終えると、あずさ屋と露寒軒の手は、同時に幸松から離れていった。

幸松はその場にがばと両手をつくと、あずさ屋に向かって深々と頭を下げた。

「お前が自分の考えで決めたことだ。そうしなさい」

あずさ屋は言い、幸松の頭にそっと手を置いた。その表情が少し寂しそうに見える。

「旦那さん……」

幸松が涙ぐんだ声を出した。だが、あずさ屋は無言でうなずくと、そのまま背を向け、座敷を出て行ってしまった。

「あずさ屋の旦那さん――」

おいちは玄関まで、その背中を追った。

「幸松の本当の望みを、旦那さんは気づいていらしたんですね」

「まあ、うっすらとではあったんですがね」

あずさ屋は苦笑を浮かべながら言う。

「幸松が仕事に乗り気でないことは知ってました。それでも、後で悔いることのない筆職人にしてやる自信はありましたよ。ただねえ」

と呟くように言い、あずさ屋の眼差しはどこか遠くを見るようなものになった。

「昨日、露寒軒さまからいただいたお文を見て、気が変わったんです」

「あの歌で――？」

おいちが問い返したので、あずさ屋は少し訝《いぶか》しげな眼差しをおいちに向けたが、すぐに合点のいった表情になる。

「ああ、あの文はあなたが書いたのでしたか。流れるような女文字でしたから、代筆だとは分かったのですが……」

「あの歌は、幸松も昔、露寒軒さまから教えてもらったのだそうです。亡くなったお爺さんが自分を励ましてくれているように思える歌だ、と――」

「まあ、そうでしょうな。松の枝を結んで幸せを願う歌――。つまり、幸松の幸せを願うってことでしょうからね」

「あっ！」

遅ればせながら、おいちは小さな声を上げる。

幸松があの歌に深く心を動かされたのは、幸せを祈るという風習を詠んでいたからだけではない。「松」と「幸」――あの中に出てくる文字が、幸松を思う露寒軒の気持ちそのものだったのだ。そして、同じように、幸松を思うがゆえに、その気持ちは過たずあずさ屋にも伝わった。

「幸松のこと、よろしくお願いしますよ」

そう言い置いて帰って行くあずさ屋の主人を、おいちは家の外の門前まで見送った。

（それにしても――）

幸松の口から、はっきりと自分の願いを言うように仕向けた露寒軒の手腕は、見事であったと思う。

（あたしは、幸松の本心を聞いても、どうすればいいのか、さっぱり分からなかったのに……）

だが、自分を情けなく思う気持ちは湧《わ》かなかった。それ以上に、露寒軒に感心する気持ちの方が大きい。

おいちはこれまでになく、清々《すがすが》しく晴れ晴れとした気分であった。

誰かを尊敬するとは、こういう気持ちなのだろうか。

そう思いながら、おいちは懐に手をやった。ここにしまい込まれた颯太の文と露寒軒のお札があれば、自分もきっと幸せになれる。そう信じることができるような気がした。

おいちは首をめぐらして、梨の木に目をやった。よく見ると、枝先に芽吹いた蕾が、一つだけ花開いている。

「あっ、とうとう花が咲いたんだわ」

明るい声で言いながら、おいちは梨の木の根元に駆け寄った。

梨の花をのぞき込むと、真っ白な花弁の真中は緑色をしており、おしべの先にはほのかな薄紅色がついている。見慣れた花だが、何とも美しくいとおしく思えた。真間村にいた時は、これほどの熱い思いを、この花に抱いたことはなかったが……。同時に、思わず花に手を差し伸べたその時、優しげな春風がおいちの頰をかすめて過ぎた。

――君が手添へし梨の花咲く

ある言の葉が、おいちの胸によみがえる。

颯太が下の句しか作れなかった中途半端な歌――。ずっとそう思ってきたが、実は違っていたのではないかと、今になって、おいちは思った。

颯太は、おいちに上の句をつけてほしいと思い、文の最後にこれを書き足したのかもしれない。

その時、どういうわけか、一つの言葉の連なりが胸の中に浮かんできた。

「忘れ得ぬ心のままに東風《こち》吹けば……」

あなたは忘れろと言ったけれど、私はあなたを忘れることなんて絶対にできない。そんな私の心のままに春風が吹くと、開花を待ってあなたが手を添えた梨の花が咲いた――。

颯太が詠んだ「君」とは、おいちのことだったのだろう。あるいは、「梨の花」こそおいち自身だったのかもしれない。

梨の花が咲くことは、おいちが幸せになるということ――そんな願いを、颯太は歌の中にこめた。

だが、おいちが作った歌では、梨の花は颯太である。

吹きつける風がおいちだ。そうやってあきらめずに吹き続けていれば、いつか枯れ木にも花が咲く。

いつか颯太にも、きっと逢える。自分はそう信じていよう。

梨の木坂の梨の木も、こうして花をつけたのだから――。

忘れ得ぬ心のままに東風吹けば　君が手添へし梨の花咲く

引用和歌

◆勝鹿の真間の井を見れば立ち平し　水汲ましけむ手児奈し思ほゆ（高橋虫麻呂『万葉集』）

◆唐衣裾に取りつき泣く子らを　置きてそ来ぬや母なしにして（他田舎人大嶋『万葉集』）

◆人の親の心は闇にあらねども　子を思ふ道にまどひぬるかな（藤原兼輔『後撰和歌集』）

◆由良の門を渡る舟人舵をたえ　行方も知らぬ恋の道かな（曾禰好忠『新古今和歌集』）

◆磐代の浜松が枝を引き結び　ま幸くあらばまたかへり見む（有間皇子『万葉集』）

編集協力　遊子堂

解説

細谷正充

篠綾子は、今、モテ期である。もちろん作家としての話だ。そのモテモテぶりを説明するために、作者のデビューからの歩みを見てみよう。

第四回健友館文学賞を受賞した『春の夢のごとく 新平家公達草紙』を、二〇〇一年五月に刊行して、作者は作家デビューを果たした。二〇〇五年には、短篇「虚空の花」で、第十二回九州さが大衆文学賞の佳作に入選。ちなみに大賞受賞作は、梶木洋子（梶よう子）の「い草の花」であった。「い草の花」が掲載された「小説NON」二〇〇五年七月号に選評も載っているのだが、選考会からの抜粋であり、大賞受賞作にしか触れられていない。「虚空の花」が、どのような作品か知ることができなくて残念である。ただ、選考委員のひとりの北方謙三が、「今回は難しかったですね。どれも水準は突破しているが、突出したものがない。選考者泣かせだった」と述べている。作品のレベルは拮抗《きっこう》していたと思っていいだろう。なお、この年は、歴史小説『義経と郷姫―悲恋柚香菊 河越御前物語』『山内一豊と千代』も上梓《じょうし》。作者の存在を印象付けたのである。

ところが以後しばらく、作者の名前を見かけることはなかった。本格的に再始動するのは、二〇一〇年十一月の『浅井三姉妹 江姫繚乱』からである。これを皮切りに、適度なペースで歴史小説を刊行するようになったのだ。そして二〇一四年、重要な転機が訪れる。徳川五代将軍綱吉の時代の江戸を舞台に、初めて架空の人物を主役にした時代小説『墨染の桜　更紗屋おりん雛形帖』を発表したのだ。さらに同年十二月には、藤原定家が古今伝授にかかわる暗号解読に挑む『藤原定歌・謎合秘帖　幻の神器』を刊行。従来の作風から踏み出した両作品は好評を博し、たちまちシリーズ化されたのである。そして今回、ハルキ文庫より書き下ろしで、本書『梨の花咲く　代筆屋おいち』が、お目見えすることになったのだ。これほど作品が、出版社と読者から求められている現在の作者は、やはりモテ期というしかないのである。

では、最新刊となる本書は、いかなる物語であろうか。時代は「更紗屋おりん雛形帖」と同じ、五代将軍綱吉の治世。生類憐みの令が、しだいに厳しさを増していた、元禄九年（一六九六）の一月。下総国の真間村から、おいちという十六歳の少女が、ひとりで江戸にやってくる。訳はこうだ。

名主の孫娘だが、出戻りの母親と肩身の狭い暮らしをしていたおいちは、颯太という少年と親しくなった。姉夫婦と共に村に流れてきた颯太は余所者《よそもの》であり、寄る辺なき魂が惹《ひ》かれ合ったのだろう。年月を重ね、互いの恋心を強めていくふたり。だがある日、姉夫婦と共に颯太は村から消えた。梨の木に結んだ文を残して。それから一年、病身の母親を看《み》取《と》ったおいちは、わずかな手掛かりを頼りに、江戸に出てきたのだ。しかし江戸は、生き馬の目を抜く地。おいちは、いきなり小悪党に騙《だま》されかかる。それを助けたのが、戸田露寒軒という老人と、おさめという女性であった。元武士の露寒軒は、歌詠みとして有名であり、今は「歌占《うたうら》」という占いをしている。おさめは、露寒軒の家の、住込み女中だ。傲慢《ごうまん》な性格だが、その裏に情味を持つ露寒軒。気性がよく、露寒軒を巧《うま》くコントロールするおさめ。ひょんなことからふたりの世話になったおいちは、自らの事情を打ち明け、露寒軒の「歌占」を受ける。そして文字の美しさを見込まれ、悪筆の露寒軒のかわりに、いろいろなものを書くようになるのだった。

というのが第一話「歌占」の粗筋だ。ヒロインの事情と舞台を整えた作者は、続く「子故の闇」で、おさめの過去を明らかにしながら、おいちが代筆屋を始める顛末までを描いていく。こういうエピソードが、キャラクターの造形を深めていくのである。また、人が抱える悩みの本質を見抜くという、おいちの力の片鱗《へんりん》も発揮されている。一途《いちず》に颯太を慕う乙女心により、ヒロインの地位を獲得していたおいちだが、そこに新たな魅力が加わった。まだ少女にもかかわらず、物語の中心に居るに相応《ふさわ》しいだけの存在感を、早くも示してくれたのである。

そして第三話「春の雪」で、露寒軒がおいちにいう、

「言葉には、人の心を動かす力がある。それは、言葉でなくてはできぬことだ。一体、言葉以外の何を使って、人の心を動かすことができるというのだ」

「昔の人は言霊《ことだま》を信じていた。いいや、わしも信じておる。選び抜かれた言の葉には、言

霊が宿るのだとな」

　といった言葉にも注目したい。本書や「藤原定家・謎合秘帖」シリーズを見れば分かるように、作者は日本古来の〝歌〟を愛している。その理由が、露寒軒の言葉に込められているのだ。しかも『万葉集』や『新古今和歌集』などに採られた有名な歌が、物語の中で十全に生かされているではないか。万葉の時代の歌が、江戸時代の物語を通じて、現代人の胸を打つ。その遥かなる連なりを可能にしたのが、歌の力であり、作者の才能であった。各ストーリーの中から、新たな色彩を纏《まと》って立ち上がってくる歌の数々を味わうことは、本書の無上の楽しみなのである。

　さて、こうした積み重ねを経て、シリーズは本格的に動き出す。露寒軒の使っている紙商「小津屋」に使いに出されたおいち。まだ物慣れないが、手代の仁吉のお蔭で、なんとか無事に買い物ができた。また、「小津屋」江戸《えど》店《だな》の支配人の娘・美雪の美しさに、見蕩《みと》れたりもした。その仁吉と美雪の間に縁談話が持ち上がったことから、おいちの初めての代筆仕事が舞い込む。そして露寒軒の慧眼《けいがん》と、おいちの赤心が嚙み合い、歌を道標《みちしるべ》にして仁吉と美雪を良き方向へ導くのである。なんとも気持ちのいい作品だ。

ラストとなる第四話「ま幸くあらば」では、かつて露寒軒の家で暮らしていて、今は筆屋に奉公する幸松という少年を巡る騒動が描かれる。筆の届け先で詐欺に遭い、行方をくらませてしまった幸松。そんな少年の未来を真剣に考える、大人たちの態度に心が温かくなった。

その一方で、ついに露寒軒の正体が明らかになる。実はこの老人、戸田茂睡という名の、実在人物なのだ。しかもこれにより、ストーリーが一気に拡大。露寒軒が、元禄時代の権力者と対立しそうである。元禄時代の史実を踏まえた上で、どのような展開を迎えるのか。次巻が楽しみでならないのだ。

さらに露寒軒が茂睡だということが明かされたことで、あるモヤモヤが解消された。颯太の姉の正体だ。今後の展開にかかわってくると思うので詳しくは書かないが、どうにも姉夫婦の名前や、ちょっとした描写が引っかかっていた。もしかしたら、あの有名人ではないかと、想像してしまったのだ。それが戸田茂睡の名前が出たことで、当たりだと分かった。だって茂睡の『御当代記』が、颯太の姉のことを記した、ほぼ唯一の史料なのだから。なるほど、ヒロインのおいちこそ架空だが、その周囲には史実が佇立《ちょりつ》している。そこも本書の、大きな読みどころとなっているのだ。

純情一途なおいちが、颯太と会える日は来るのか。露寒軒は、いかにして巨大な権力に立ち向かうのか。本を閉じた途端、物語の先が読みたくなる。きっと多くの読者が、そう思ったことだろう。だから今、篠綾子はモテ期なのだ。こんなにも新作が、熱望されているのだから。

（ほそや・まさみつ／文芸評論家）

本書は、ハルキ文庫のための書き下ろし作品です。

時代小説文庫
し 11-1

梨《なし》の花《はな》咲《さ》く 代筆屋《だいひつや》おいち

著者 篠《しの》 綾《あや》子《こ》

2015年7月18日第一刷発行
2015年8月8日第二刷発行

発行者 角川春樹

発行所 株式会社 角川春樹事務所
〒102-0074 東京都千代田区九段南2-1-30 イタリア文化会館

電話 03(3263)5247[編集] 03(3263)5881[営業]

印刷・製本 中央精版印刷株式会社

フォーマット・デザイン& シンボルマーク 芦澤泰偉

ISBN978-4-7584-3922-0 C0193

http://www.kadokawaharuki.co.jp/[営業]
fanmail@kadokawaharuki.co.jp[編集] ご意見・ご感想をお寄せください。